品嘗好書　冠群可期

青銅魔人
江戶川亂步
品冠文化出版社

目錄

青銅魔人

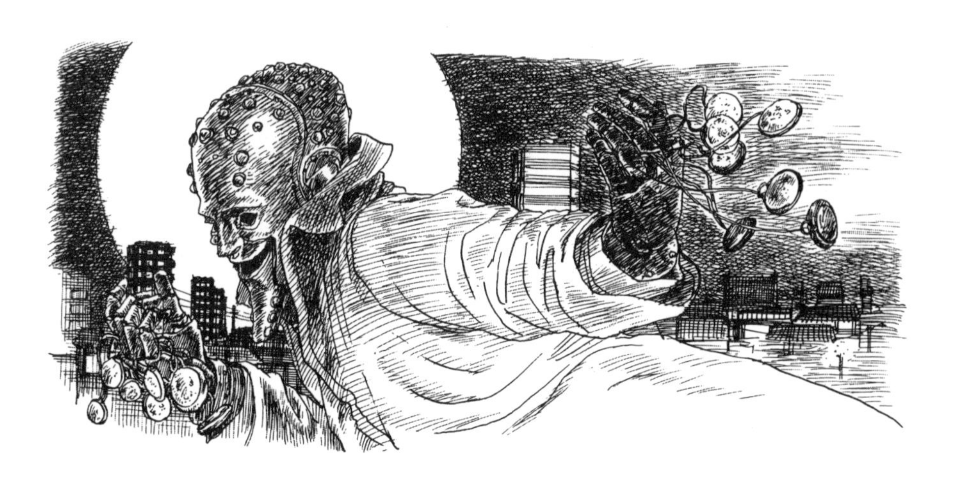

少年偵探⑤

青銅魔人

江戸川亂步

齒輪的聲音

月明星稀的冬夜，銀座大街附近橋畔的派出所，一名警察正在巡邏著。這時已經過了午夜一點。

白天車水馬龍的街道，現在卻像廣闊的原野般寧謐。除了月光照得四條電車鐵軌閃閃發亮，四周沒有任何活動的東西，東京市內彷彿陷入一片死寂。

警察佇立在派出所紅色的燈泡下，目光來回留意的梭巡著。鬍子下方的嘴巴，在呼吸時，不時的冒出白煙。天氣實在是太寒冷了！

「咦！好奇怪的傢伙，走路怎麼搖搖晃晃的？」

警察自言自語著。

原來有人正走在閃耀光輝的電車鐵軌正中央。定睛一看，赫然是一名身著藍色西裝，頭戴藍色軟帽的高大男子。如此冷冽的天氣，竟然沒有穿外套。

男子步行的方式很怪異，難怪警察會以為他走路搖搖晃晃的。仔細觀察，其實不是搖搖晃晃，而是雙腳猶如裝上義肢似的行走著。不像是人的腿，倒像是機械做的腿在步行。

因為帽子低掩，所以看不清楚他的模樣。不過，略可發現他臉色發黑，彷彿得了夢遊症的人一樣，不理會左右，筆直的朝前方走著。

不，還有更奇怪的事。那個男子雙手戴著銀光閃閃的東西，邊走邊搖晃，在月光的照射下，好像寶石似的，不時閃動耀眼奪目的光彩。

不只是雙手，男子藍色的西裝口袋裡，也塞滿了銀色的東西。全身銀光熠熠。

由於距離甚遠，所以警察不知道這發光的東西到底是什麼。心想，可能是銀紙，或者是整串玻璃珠。因此，沒有叫住他，只是眼睜睜看著

他離去。後來，才發現背後驚人的事件。

男子身上發光的東西，全都是懷錶，雙手捧著或口袋裡塞著數十個附鏈子的懷錶。

在深夜時刻，全身掛滿了懷錶，若無其事的通過派出所前。這名詭異的男子究竟是誰？

站崗的警察，這才恍然大悟。

「原來是一大堆的懷錶，難怪會聽到齒輪的聲響。即使是小手錶，如果數量很多，還是可以聽到齒輪的聲音。」

然而，那真的是懷錶的齒輪聲音嗎？若真是懷錶，應該會發出秒針滴答滴答的響聲。但是，警察聽到的並不是這種聲音，而是如巨人咬牙切齒般的齒輪聲音。

鐵手指

不久前，在銀座街道前著名的白寶堂鐘錶店，發生了可怕的事件。十點打烊。櫥窗外安上了滑窗，老闆和店員都已經就寢。白寶堂是臨時搭建的房子，沒有鐵窗，門全都是木頭製的滑窗。

半夜，櫥窗突然傳來叭哩叭哩、喀鏘的聲音。

睡在店中的少年店員，嚇得跳了起來。藉著小小的燈泡光，循著聲音望去。櫥窗裡似乎有藍色的影子在移動著。

少年店員嚇得叫不出聲，呆立在原地，身體僵硬如石頭般，一動也不動，楞楞的看著黑暗中移動的東西。

最初，以為是藍色巨大的青蟲，但仔細一看，原來是人類的手臂。是穿著藍色服裝的人類的手臂。而且，那雙手臂正拿著店中掛在舊玻璃

架上的數十個懷錶。

櫥窗外的厚玻璃，被打個大洞，連外面的滑窗木板都被破壞得慘不忍睹。先前的聲響，就是竊賊敲打滑窗和玻璃的聲音。

「小偷！」

少年店員放聲大叫。

「小偷？小偷在哪裡？」

尚未就寢的青年店員，聽到少年的呼叫聲，故意用讓小偷也能聽到的音量大叫著。

霎時，店中當然出現一片騷動。包括老闆在內，店員全都跳下床，此起彼落的嚷嚷著。冷靜的店員迅速打電話報警，有的人則跑到後門叫醒鄰居。其中一位勇敢的店員，手持棍棒，打開入口的滑窗，跳到大門口。兩、三人跟在他的身後。

皎潔的月光將屋外照得如白晝般光亮。然而街上空無一人，更別說竊賊的蹤影了。

從店內跑到大門需要花點時間，但是，就算竊賊動作再迅速，也不可能跑到一百公尺外。難道是躲到巷弄中？可是四處搜尋，卻還是毫無所獲。

「怎麼回事？在嘟嚷什麼？說清楚一點！」

站在打破的櫥窗前，一名店員詢問著少年店員。

「是鐵手指，那傢伙的手指是鐵做的。就好像在展覽會看到的機械人的鐵手指一樣。」

少年渾身顫慄，眼睛圓瞪。

「笨蛋，你睡昏頭啦！機械人偷懷錶做什麼？」

「可是我真的看到了。手指變得好像絞鏈一樣，真的跟展覽會裡機械人的手指一樣，能夠彎曲呢！」

「對，我也看到了。好像戴著皮手套，手指也像絞鏈一般。」

第二位發出叫聲的青年店員，為少年店員辯白。

而站在一旁的白寶堂老闆和五、六個鄰居聞言，不禁大感驚懼，面面相覷。這時，老闆重新振作精神，指示店員。

「快點打電話報警，順便通知派出所，不要在這裡胡亂瞎猜了。」

兩名年輕店員立刻跑開。大概是不敢單獨行動，所以兩人一起跑到派出所。

「奇怪，那傢伙到底躲到哪兒去了？看起來像妖怪似的。」

「你也覺得他不是人啊？老實說，我也這麼想。也許真的只有那隻手臂，沒有身體，只有鐵手臂。如果只有手臂鑽進櫥窗裡，那麼就可以飛到空中，就算我們再怎麼找，當然也找不到。」

「喂喂喂，你別嚇人，真討厭！你一定是怪談看太多了。不要講這些不可能的事情，這裡是銀座呀！」

「唔！可是銀座的半夜也很安靜，就好像在沙漠裡似的。那隻藍色青蟲般的手臂，說不定還在附近呢！」

「喂！別開玩笑了。」

因為極度恐懼，反而想開開玩笑來緩和氣氛。

兩名店員喘著氣，不時交頭接耳，跑到橋頭附近的派出所。一名警察口中吐著白煙，站在派出所前。原來是先前那名看到身著怪異藍色服裝男子走過的警察。

店員趕緊報告店裡遭小偷的經過，警察彷彿想起什麼似的，反問他們道：

「是不是很多的懷錶被偷走了？」

「是的，櫥窗裡的懷錶全都被拿走了。」

「那傢伙是不是穿著藍色的衣服？」

警察看著月光灑落的街道，這時，遠處穿著藍色衣服的怪人，還在那裡搖搖晃晃的走著，身影顯得越來越小。就在這時，他想起那個齒輪

聲音。

「難怪我覺得那傢伙很奇怪。快，我們趕緊去追他。等我一下。」

警察跑進派出所，對值班的同事說幾句話，立刻又跑出來。

「來！你們也跟我一起來。」

三人在靜謐的大街上奔跑，腳步聲格外清楚。柏油路面映照出三條奇妙的漆黑人影。

怪人升天

怪人似乎沒有察覺三人雜沓的腳步聲，好像機械一樣，喀鏘、喀鏘繼續走著。

三人不停的追趕怪人，雙方相距只剩五十公尺之遠。怪物的雙手閃爍的光芒，分外顯眼。

「啊！就是那個，是店裡的懷錶。那傢伙就是小偷！」

一名店員眼尖的發現，大聲叫著。

三人加快腳步，怪人還是沒有察覺，仍然直視前方，頭也不回。眼看雙方的距離愈來愈近，只剩二十公尺了。

「喂！等等，站住！」

警察嚴厲喝斥。

這時，穿著藍色服裝的高大男子，突然停下腳步，回頭看著這個方向。不是只轉動脖子，而是整個身體轉向後方。

月光照射著怪人的臉。

啊，那張臉！那是一張令警察和店員們畢生難忘的臉！

不是人類的臉，而是一張藍黑色的金屬臉。不像鐵一樣黑，而是如青銅般的顏色，是青銅色的。

三角形的大鼻子，新月形的嘴色，沒有眼珠子，雙眼如黑洞般。彷

佛是從三千年前，埃及古墳中挖掘出來的一張令人不寒而慄的臉。

三人一時驚懼過度，呆若木雞的佇立在原地。

寂靜的深夜，聽到的不是自己的心跳聲，而是從怪物體內發出的，如巨人在咬牙一般的嘰嘰嘰齒輪聲音。

就算聚集數十個懷錶，也不可能發出如此大的響聲。怪人的體內確實傳出詭譎的聲音。

咬牙的聲音突然急遽變大，不，應該說是和咬牙截然不同的其他聲響，從怪物新月形的口中傳出來。

那是一種難以言喻的，令人厭惡的聲音。嘰、嘰、嘰、嘰，好像金屬互相摩擦的聲音，怪物笑了起來。這傢伙竟然發出讓人毛骨悚然的笑聲。

一陣詭異的笑聲之後，怪物突然掉頭，放低身體，四肢趴在地上。雙手仍然拿著許多的懷錶。這時，怪物彷彿大狗似的，用四隻腳開始狂

奔。

啊！到底是怎麼回事？難道這傢伙真是妖怪嗎？用四肢奔跑的人前所未見，這傢伙該不會真的是妖怪吧？不，應該說是比妖怪更可怕千百倍的傢伙。怪物跑的方式和貓、狗完全不同，前、後腳不甚靈活，有如一隻只要上緊發條就會跑的白鐵皮製的狗。

怪物用四肢爬行時，三人清楚的看到他的側面。當時，藍色的軟帽掉落，怪物的頭和後脖頸露出來。這傢伙並沒有戴面具，猙獰的臉不是面具。耳朵、頸部和頭上的毛髮，全都是發著光的青銅色。頭髮捲曲，如大佛的頭般，有幾個凸起的瘤。

怪物彷彿「鐵面人」。好像青銅製的假面具包住整個頭部。不，如果真是如此，那麼不只是頭部，全身也應該都覆蓋著青銅。

怪物用四肢爬行時，如咬牙般的聲響，急遽變大。隨著齒輪摩擦的聲音變大，奔跑的速度也愈來愈快。

這裡是國電（現在的JR線）的鐵橋旁，怪物通過鐵橋下，跨越過鐵路線。

雖然心生恐懼，但是，不能任由竊盜逃走。三個人打起精神，又開始追趕怪物。

然而繞過鐵橋，來到街上時，月光照耀下的白色道路，一直延伸到盡頭，都沒有看到任何人影。

「奇怪，他明明跑到這裡來啊！」

「沒錯，可是怎麼沒有人？」

三人停在原地，豎耳聆聽，但是，依舊一片寧靜，根本聽不到齒輪摩擦的聲音。

一邊是門窗緊閉的商家，另一邊的鐵路下，則是空地。以前被當成倉庫使用，現在和道路間的隔板已經被拆掉，所以，一眼就可以看清周圍的一切。

無論三人如何找尋，就是沒有發現可以藏匿的場所。怪物消失得無影無蹤。

他們分頭搜查，還是沒有找到任何線索。

這個擁有青銅脖子和鐵手指的怪物，絕不可能成為氣體蒸發掉。也不可能像汽球一樣，飄然飛到空中。

那個看過許多怪談的年輕店員，覺得這個四肢爬行的怪物，就好像從煙火裡冒出來的紙老虎一般，消失在月夜的高空中。

各位讀者，你們知道這個擁有青銅脖子的怪物到底是誰嗎？為什麼他會用四肢奔跑呢？還有那個嘰嘰嘰的咬牙聲到底意味著什麼？他到底是如何消失的？而且又為什麼要偷那麼多的懷錶？

這一切都是有理由的，當然這個故事也不是怪談。狡詐的怪盜與名偵探明智小五郎和少年小林的鬥智即將展開。

不久，我們就可以揭穿這個如怪獸般的怪物的真面目。不過，在此之前，又陸續發生了駭人聽聞的事件。

塔上的怪物

翌日的晚報，大肆報導到底是人還是機械的怪物事件，震撼廣大的東京市民。無論走到哪裡，都有人在談論可怕機械人的事情。

然而，怪物並非就此消失無蹤。一個月當中，大約有五、六次，在東京各處發生類似的事件。目標都是著名的鐘錶店或收集罕見鐘錶的人家，一般的鐘錶，竊賊根本不屑一顧，偷竊不是鑲有寶石的昂貴鐘錶，就是大有來頭的古董鐘錶。

犯人就是那個擁有青銅臉的怪物。每當被追捕時，他就會四肢趴地奔跑，速度之快，令人難以望其項背。原以為剛轉過街角，等到跑近一看，卻早已如輕煙般消失。始終都抓不到他。

報紙每天報導這個怪物事件，傳聞愈來愈撲朔離奇。

「全身是鐵或銅做成的。聽說這兩天晚上又出現了。」

「沒錯。警察從身後開槍，結果子彈還彈回來。」

「他果然擁有不死之身，根本就是裝甲車嘛！」

甚至出現這種誇張的說法。此外，還有人揣測。

「也許有人躲在裡面。不過，應該不可能。裡面全都是機械，因為全身都發出齒輪般的聲音。最好的證據是，只要那怪物一出現，就會聽到齒輪摩擦嘰嘰嘰的聲響。」

「是不是自動機械啊？可是怎麼可能製造出活動這麼靈巧的機械人呢？難道犯人躲在某處，遙控機械人嗎？」

「有可能噢！大概是某人的發明。但是，竟然將這麼偉大的作品用來行竊，實在是太愚蠢了。一定要趕緊抓到他，找出其中的祕密。」

另外，還有人妄加斷言。

「既然那傢伙是用金屬做的，可是怎麼可能像煙一樣的消失？這太不合理了。我認為他一定是幽靈，是青銅妖怪。」

「專偷鐘錶的幽靈嗎？」

「對，我想他大概是靠吃鐘錶才能活下來。鐘錶就是他的糧食。既然是仰賴齒輪活動的怪物，那麼，每天不吃幾個鐘錶的齒輪，恐怕就不能維生。」

竟然有人有如此怪異的念頭。機械人必須吃鐘錶的齒輪才能存活，簡直是天方夜譚。

距離最初事件發生過了一個月，又發生了奇怪的事情。如果怪物是為了吃齒輪而盜走鐘錶，那麼，這回他可是吞下了龐然大物。

在東京市內，多摩川上游幽靜的田園中，在樹林的環繞下，有個小山丘，上面聳立著一個奇妙的時鐘塔。這個建築是在明治時代末期，由著名的鐘錶商搭建的。整個建築物是用古意盎然的紅磚瓦砌成，時鐘塔

也是由磚瓦組成，上面有如尖帽般的屋頂。

由於地處僻靜，就連東京市民，也甚少有人知道這個時鐘塔。後來因為怪物的事件，使得這個塔一躍成名。因為，塔裡的時鐘，僅僅一晚就被盜走了。

那是颳著強風的夜晚。這天，年輕夫妻有事外出，家裡只剩七十多歲的老主人、年邁的老婆婆，以及傭人等三人，很早就關門就寢。

但在翌日清晨，赫然發現時鐘塔四周白色的文字盤和裡面的機械全都消失無蹤。

文字盤直徑一公尺，相當巨大，而且鑲在塔的四邊，總共四片。可是文字盤竟然一夕之間就不翼而飛，時鐘的針和心棒，以及裡面附有齒輪的機械都不見了，塔頂的下方空無一物。

犯人一定就是他。除了那個鐘錶迷怪物，沒有人會做這種事。要偷走世間所有的鐘錶，只有青銅妖怪才做得到。

這奇妙的事件頓時在媒體上聲名大噪，傳遍全東京市。因為實在太詭異，所以到處都有人在談論這件事。

「在事情發生的兩、三天前，每到黃昏，那個銅像般的機械人，就會站立在時鐘塔上，嘿嘿嘿的笑著。附近農家裡的年輕人，清楚的看過這種景象。」

「是真的嗎？那麼為什麼他不報警呢？」

「他有通知派出所的警察，但是，警察看這個人穿得破破爛爛的，根本不理他。而且還說，根本不會有人相信銅像妖怪會站在時鐘塔的文字盤前。」

「可是，這麼大的東西要怎麼偷走？」

「聽說這也是附近農家的人看到的。在事情發生的那天深夜，從鎮上回來，通過時鐘塔山丘旁的人，發現遠處有奇怪的東西，在黑暗中移動著。」

「就是那個機械人嗎？」

「對，但是好像不只一個人，而是有十個同樣外貌的傢伙，在梯子上爬上爬下的。」

「咦！梯子？」

「嗯！那個梯子也很奇怪。好像消防隊的雲梯車，停在鐘塔前。上緊機械發條的梯子伸向空中，到達時鐘塔。幾個機械人就在雲梯上爬上爬下的。」

傳聞繪聲繪影，真的變成了怪談。甚至有人說，幾個機械人飛入空中，消失在雲端裡。各種傳言甚囂塵上。

但是，無論傳聞是否屬實，時鐘塔的文字盤和機械被偷走卻是無庸置疑的事實。不只是小的懷錶，只要名聞遐邇，即使大如時鐘塔，都會不翼而飛。

這個時鐘迷的怪物，究竟是人，還是機械，或是來自地球以外的世界，是否是我們所未知的生物，老實說，至今仍然沒有人知道他的真面目，實在是太不可思議了。

這個怪物的確是標準的時鐘迷，而且不是普通的時鐘，而是價值不菲、大有來頭的昂貴時鐘。在明治時代建造的紅磚瓦時鐘塔相當珍貴，當然會引起怪物的注意。

就在這個事件發生之後，所有擁有罕見鐘錶的人，全都膽顫心驚，不知道下次會不會輪到自己，夜晚總是輾轉難以成眠。

夜光錶

昌一的父親手塚龍之助，就是「擔心組」其中一個。

手塚三十幾歲時，被徵召到軍隊裡，在戰地度過艱困的五年多。戰爭結束後，所幸港區的屋宅沒有被燒毀。然而長年疾病纏身的妻子，在

見到手塚之後，可能是安心的緣故，幾天後就過世了。

在這段艱困的五年多歲月，兩個孩子昌一和妹妹雪子，平安健康的長大，現在昌一已經十三歲，雪子八歲。

在戰前，手塚是個富商，現在仍然擁有各種財產。親子三人、住在家中幫傭的學生、僕人，以及同居的戰爭受災戶六人，共同生活在一個屋簷下。

手塚有一個極為名貴的收藏。亦即在歐洲某個小國皇帝愛用的大型懷錶。不只機械製作精巧，上面的白金雕刻花紋相當精美，而且還鑲有鑽石及其他寶石。與其說是懷錶，不如說是一件完美的美術品。因為有無數寶石，所以即使是在黑暗中，也會散發如彩虹般的光彩。於是將此懷錶命名為「皇帝的夜光錶」。

就因為如此，所以當手塚看到青銅怪人的新聞時，不禁憂心忡忡。「夜光錶」早就為世人熟知，也經常出現在報章雜誌上。那個如妖魔般的怪盜一定也注意到了。

昌一也很擔心這件事，某日，他問父親：

「爸爸，我們家的夜光錶沒問題吧？」

「你是指青銅機械人的事嗎？」

父親憂心的臉上，語帶一絲猶豫。

「應該沒問題吧！雖然他是怪物，但是我已經將懷錶藏在鋼筋水泥倉庫中的金庫裡。即使倉庫被打破，金庫也打不開。而且要打破鋼筋水泥造的倉庫，可是難如登天。」

手塚表面信心滿滿，內心卻擔心不已。

「真的沒問題嗎？他不是普通的小偷噢！無論怎麼追趕，他都像煙一樣消失。況且，他一定會像幽靈般，鑽入任何狹窄的縫隙中。」

「怎麼可能有這種事？不過，既然你這麼擔心，那就派人在倉庫外站崗。」

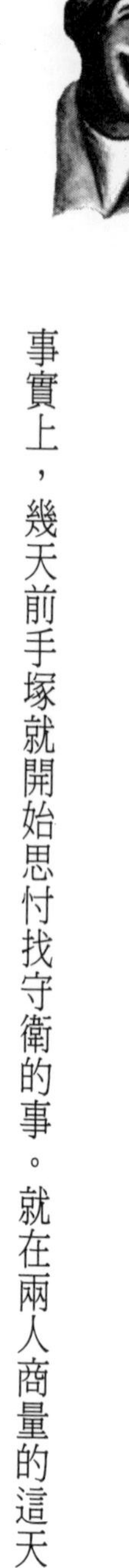

事實上，幾天前手塚就開始思忖找守衛的事。就在兩人商量的這天夜裡，害怕的事情果然成真。

昌一走到庭院裡時，正是彩霞滿天的黃昏時刻。不知怎麼地，他突然想走到庭院深處的樹林中去。事後回想起來，還是覺得很奇怪。彷彿預感似的，不知怎麼回事，就是想走過去看看。

手塚家的庭院廣達千坪（約三三〇〇平方公尺），有假山、水池，深處更有樹木林立的森林。由於戰爭的緣故，已經很久沒有整理，樹林中遍佈落葉。行經其間，潮濕味濃厚，讓人覺得很不舒服。

昌一好像被蠱惑似的，走進寒冷而陰暗的樹林中。

高大的樹木矗立，踏進五、六步後，由於十分漆黑，眼界所及大約只有一八〇公分。偌大的森林，猶如一座巨大的迷宮。

踩著潮濕的落葉往前走。除了自己的腳步聲外，突然聽到奇怪的聲音。嘰哩嘰哩，好像貝殼在相互摩擦一樣。

難道是蟲在叫嗎?可是,現在時節應該還沒到啊!真奇怪。仔細聆聽,又好像是人在咬牙的聲音。

想到這裡,昌一嚇得呆若木雞。

停下腳步後,那個詭異的聲音還是不斷傳來,而且愈來愈高亢。

啊!是咬牙的聲音,就是那個有名的咬牙的聲音!雖然昌一沒有聽過這種聲音,但是報紙頻頻報導。青銅魔人上緊發條的齒輪,會發出咬牙般的聲音。

沒錯,他一定就躲在樹林的某處。昌一實在很想大叫一聲,然後逃走。然而極度驚恐的他,全身僵硬,根本喊不出聲音,也動彈不得。

黑暗中,依稀可以看到有東西在移動。昌一直勾勾的盯著那兒瞧,影像逐漸變得清晰。

大樹的後方,出現怪物的身影。雖然四周幽暗不清,但是銅像般的臉,銅像般的身體,一絲不掛,確實是那個金屬怪物。

青銅大臉上有兩個黑洞般的眼睛，黑洞深處發出光芒，是怪物的瞳孔。而且新月形的嘴巴，也如黑洞一般。

正如報紙上所寫的，不，比報紙上描述的更可怕。

怪物如機械似的走路方式，慢慢朝這裡逼近。因此，咬牙般的齒輪聲音愈來愈大聲。

昌一有如石頭般，佇立在原地，楞楞的看著怪物。並非勇氣十足，而是已經幾欲暈厥，手足無措。只能用眼睛瞪著對方。

怪物的右手伸向前方。如絞鏈般的青銅手指之間，夾著一張白紙。怪物彷彿是要將紙交給昌一般，手指動作詭異的伸向這裡。

昌一根本沒有接過白紙的勇氣，就好像化石似的，呆立不動。

怪物又走近一步，彎下上半身，整個人好像要蓋住昌一似的，新月形的嘴巴，發出金屬摩擦聲。與齒輪不同，是另一種大的聲響。

嘰、嘰、嘰，好像物體摩擦的聲音。其中似乎隱含某種意義，聽起來又好像是收音機快壞掉一樣。

「明天、晚上、噢！」

有氣無力的話語中，依稀在傳達這樣的訊息。

接著又說：

「夜光、錶。」

聲音聽起來格外的古怪。機械人似乎反覆說著同樣的話。

不久，聲音停止了，怪物重新站直身體，轉過身，還是用他那機械般的走路方式，慢慢消失在黑暗中。

白紙就落在他的身後。

怪物離去後，昌一又呆立了一分鐘之久。等到回過神來，他迅速撿起白紙，朝家中狂奔而去。

明智小五郎與少年小林

就在昌一少年，遇到青銅製的機械怪物後的翌日上午。

千代田區的明智偵探事務所的書房裡，名偵探明智小五郎和助手少年小林正在談話。

偌大西式書房的四面牆上，都附設高達天花板的書櫃，架上放滿了燙金文字的書籍。房間中央放置一張一個榻榻米大的大桌子。彫刻得古色古香的椅子就擺在桌前。

明智小五郎坐在椅子上，手肘置於桌上，撐著臉頰。另一隻手則玩弄著他那膨鬆的頭髮。

擁有一張蘋果臉的少年小林，坐在名偵探對面，熱切的說道：

「老師，少年偵探團的團員請我來問你，為什麼老師什麼也不做，一直保持沈默呢？」

看過『少年偵探團』的讀者們應該都還記得，小林和小學高年級學生、中學生組成少年偵探團，而他是團長。

「這件事不用你提醒，今天一定有人會來拜託我。誰都不知道青銅魔人是機械還是人，是個不知名的怪物，的確是個好對手。小林，你又可以大展身手了。」

明智偵探叼著他愛用的煙斗，吐出紫色的煙霧。年輕的臉上堆滿自信的微笑。

「老師，那個靠機械發條活動的青銅人，根本不怕子彈。而且為什麼是機械人的他，會像煙一樣消失呢？我實在是想不通。」

「有很多可能。總之，他既不是幽靈，也不是來自火星的人。應該是人，而且是個不折不扣的壞蛋。不知道他還會幹什麼壞事，我們一定要戰勝他那邪惡的智慧。這是一場貨真價實的智慧之戰。」

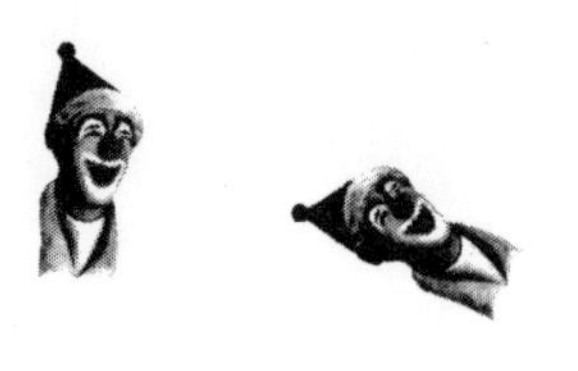

「對，但是如果我們要贏他，就要先找出他的祕密。」

小林可愛的蘋果臉頰變得更紅，興奮的說著。

「嗯，等著看吧！今天一定有人來拜託我。青銅魔人愈是有名，工作就愈有挑戰性。況且，那傢伙絕對會預告自己下手的目標，他的做法非比尋常。接到預告通知的人，十之八九會來找我商量。今天之內，就會有人來了。」

明智偵探視線落在空中，嘴裡還在吞雲吐霧。這時，他突然露出戲謔的神情，笑著對小林說道：

「你聽，門鈴響了，一定是有人來拜託我了。」

小林聞言，立即跳下椅子，跑向玄關。不一會兒，臉上帶著驚訝的神情走回來。

「老師，你猜對了。是少年偵探團篠崎的朋友，你還記得篠崎吧！我已經請他的朋友手塚昌一和他的父親到客廳等候。」

當明智偵探和小林來到客廳時，看到一位四十多歲的氣派紳士，以及穿著學生服的可愛少年從椅子上站了起來。相互寒暄過後，手塚的父親看著小林的蘋果臉說道：

「這位就是小林吧！我從篠崎那裡聽過許多關於你的事情，看來你和我們昌一大概只差兩、三歲。沒想到你小小年紀，就做過這麼多偉大的事。」

龍之助語帶讚賞。而昌一也以尊敬的眼神看著小林，使得小林的臉頰因羞澀而泛紅。

大家重新坐回椅子上後，昌一的父親龍之助娓娓道出珍貴的家寶「皇帝的夜光錶」，以及青銅魔人今晚將前來盜取的事。並且說出昌一昨天傍晚在庭院的森林中，魔人在昌一面前留下紙片的經過。接著將紙片攤在桌上。

「嗯！字寫得很奇怪。」

明智偵探拿起紙片，自言自語的說著。

「是的，怪物寫的字真的很古怪。到底是字，還是畫呢？根本看不懂。仔細一看，又好像是注音符號。」

「上面有明天晚上十點和夜光錶的字樣。」

「明天晚上十點，是不是意味著這個鐘錶迷怪物，會在十點來偷走懷錶？我想應該只能這麼解釋。」

「明天晚上，指的就是今天晚上。你們報警了嗎？」

「昨天晚上就報警了。警政署搜查課的中村組長和我是朋友，我去見他面拜託時，他曾經提到你。中村組長說，如果明智先生願意協助就更好了。」

「是嗎？中村先生真是太看得起我了。那麼手塚先生，夜光錶現在放在哪裡呢？」

「在鋼筋水泥建造的倉庫中的金庫裡。」

「喔！的確是相當嚴密的場所。」

「要潛入行竊，必須先打破鋼筋水泥倉庫的牆壁，而且還要打破金庫。所以即使是青銅魔人，也很難偷走夜光錶。原本我打算將夜光錶暫時寄放到銀行的保險庫裡，但是又擔心送去的中途有意外，於是仍然放置在原先的場所。而且從昨晚開始，就請十名警察在倉庫周圍及庭院各要處站崗。若是普通的竊賊，當然不必如此大費周章，但是，對方是個可怕的妖魔，不得不請警察嚴加看守。」

「我明白了，我這就帶小林到你們家去。不過，必須事先準備兩、三樣東西，反正這個怪物不會在白天來，等到今天黃昏以後，我再登門拜訪。」

得到明智偵探首肯，手塚滿心歡喜的帶昌一回去。

目送他們離去後，小林對明智偵探耳語一番之後，急忙出門，不知去向。明智偵探則坐到電話旁，開始打電話。

魔人與名偵探

這天傍晚，在手塚家，主人手塚、昌一和雪子兩兄妹、幫傭學生、僕人，以及戰爭受災戶，住在手塚家的公司職員平林和他的妻子、小姨子妙子、中學生太一和尚未入學的太一的妹妹等，總共十一人。庭院還有八名警察在各處巡邏。明智偵探和小林還未抵達。除了三個小女孩之外，總計有十六人在看守著。即使是妖魔，應該也不會現身，於是手塚開始有些鬆懈。

然而旁若無人的怪物，此刻早已不知從什麼地方溜了進來，在沒有入夜時，在眾人面前出現。而且，是在眾人完全無法想像的情況下突然出現的。

聽到廚房傳來「哇」的女子驚叫聲。其他人趕緊跑過去一看，發現

住在一起的平林的家人妙子，臉色蒼白的倒在地上。

原來就在妙子通過浴室時，發覺裡面似乎有東西在動，打開門往昏暗的裡頭一瞧，赫然看到一尊有如大銅像般的東西。

庭院中有警察嚴密巡邏，屋內各個房間也都有人，卻沒有人看到這個怪物是如何進出浴室的。由於驚懼過度，妙子竟然暈倒在地。

接下來的三十分鐘內，昌一和平林太一也遇到怪物。

手塚家的屋宅非常大，有很多彎彎曲曲的長廊，其中最陰暗的是倉庫前排列櫥子的走廊。一邊是沒有窗子的牆，一邊則是倉庫的紙門。紙門的房間有六個榻榻米大，三面都是牆，所以就算是白天，室內仍然很幽暗。昌一和太一通過該處時，發現有一道紙門打開了。探頭一看，竟然發現一個高大的人影站在那裡。

「是爸爸嗎？」

因為裡面昏暗，看不清楚，於是昌一出聲詢問。結果對方並沒有回答，而是移動身體，發出嘰哩嘰哩的咬牙聲。那是在庭院的林木中聽到令昌一難以忘懷的齒輪聲。仔細一看，赫然是那個如銅像般的怪物。

兩個人楞了一下，一瞬間，就爭先恐後的朝來時路奔逃。

他們在另一個房間遇到平林的父母親。

「不好了，那傢伙在倉庫裡……」

兩人上氣不接下氣的大叫著。

不一會兒，四個人手牽著手，戰戰兢兢的來到倉庫。聽到兩個孩子的叫聲，手塚和幫傭學生從倉庫對面的走廊慌慌張張的趕來。接著兩名警察也尾隨而至。

「昌一，發生什麼事？你看到什麼了？」

昌一默默的用手指著倉庫的紙門，似乎不敢再開口說話。

手塚和警察們走近紙門，兩名警察手上握著手槍，順著昌一手指的方向，手槍對準倉庫，一股腦兒的衝進黑暗的倉庫中。

昌一害怕聽到槍聲，可是倉庫中並沒有聽到任何聲響。突然啪的燈泡亮了起來。原來是警察打開了電燈。

眾人走到入口處，往裡面一看，只有兩名警察，先前看到的怪物，已經不知去向。青銅魔人就好像煙霧一般的消失不見。

「真奇怪，是不是你們看錯了？如果真的是在這裡，那麼應該沒時間逃走呀！我們從那邊來，你們從這裡過來，兩面包夾。而且這個房間只有面向走廊的一個出口，三面都是牆，走廊也沒有窗戶，怪物根本不可能在我們眼前逃走。」

其中一名警察詢問驚魂未定的昌一。

「不，我沒有看錯。我真的看到那個像銅像的傢伙。」

「對，我也看到了。而且還聽到那個好像齒輪的聲音，嘰哩嘰哩，不斷的響著。」

連中學生太一也信誓旦旦的說道。這下子，大人們不得不相信。就因為如此，大家全都嚇得臉色蒼白。金屬製的人，一瞬間變成透明的氣體消失，這是科學無法解釋的現象。難道真的是幽靈嗎？

雖然沒有人相信會有幽靈，可是真的很不可思議。詭異的事不只如此，更神奇的事也出現在名偵探明智小五郎的眼前。

知道怪物潛入家中之後，手塚更加嚴密戒備倉庫。倉庫三面都有警察站崗。正面入口前方是廣大的走廊，設有一張長椅，手塚、平林和兩名警察，緊緊盯著入口。昌一、太一和幫傭學生則負責在周圍巡邏。

宅邸裡的每個房間，電燈全部打開。倉庫前的走廊及倉庫內也燈火通明。

手塚不時的用鑰匙打開倉庫的大門，跑到裡面確認金庫的夜光錶是否還在。即使是妖魔，在如此嚴密的重重看守之下，也不可能進入倉庫當中。現在只能等待紙片上約定的時間十點到來。

剛過六點，明智偵探和搜查課的中村組長兩人連袂而來，沒有看到

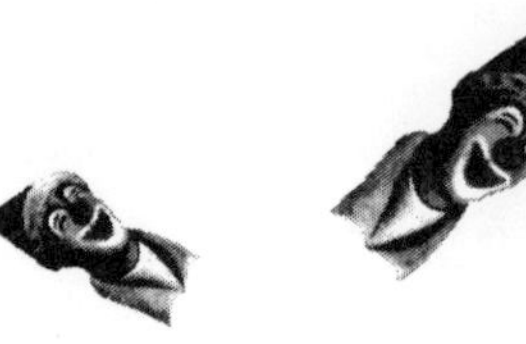

小林少年。明智為什麼沒有帶小林來呢?其中也許有什麼理由。

手塚帶兩人到倉庫前,請他們坐在另一張椅子上,並詳細的描述傍晚發生事情的經過。

「當時我趕緊打電話通知你,可是你已經出門了。」

「啊!真是失禮。因為我和中村先生說好要一起過來,所以來得比較晚。東西還在倉庫裡嗎?」

「是的。我已經進去確認過很多次,完全沒有異狀。」

「那麼,對方是否會在下面挖地洞呢?」

「這個我已經仔細看過,白天警察先生們也全都搜查一遍,完全沒問題。」

「原來如此。看來如果沒有超人般的力量,恐怕就很難進入倉庫中嘍!」

「是的,可是也許對方的確具有不可思議的力量。先前他就突然出現又消失了。」

手塚請傭人端出茶點，大家一邊吃點心，一邊閒聊。時間慢慢的接近十點。

過了九點，手塚已奈不住，擔心得頻頻看錶，坐立難安。

「明智先生，中村先生，我實在無法安心。在十點到來之前，我想進入倉庫裡，待在金庫旁看守。你們都知道倉庫的入口是鐵絲網，外面看得一清二楚。門只是關起來，沒有上鎖。如果有萬一，你們再跑進來幫我。」

雖然毋需緊張到這種地步，但是，再和大家待在一起，手塚只會更加的不安，最後還是單獨進入倉庫裡。進入倉庫後，在正中央兩公尺高的大金庫周圍徘徊。

倉庫裡電燈全開，透過鐵絲網，可以看到裡面的光景。最初大家還會隔著鐵絲網交談，後來似乎覺得厭煩，逐漸沈默不語。

「還差五分鐘就十點了。」

中村組長看著手錶，輕聲對明智偵探說道。雖然防守如此周密，但是隨著時間一分一秒的接近，還是不由得愈來愈緊張。眾人全都圍在倉庫前，動也不動的緊盯鐵絲網內的情況。

手塚依然在大金庫周圍來回走動。當他繞到金庫後方時，突然消失一會兒。就在這時，大家聽到「哇」的叫聲。從椅子上站起來的眾人，透過鐵絲網，看到可怕的景象。從金庫後方搖搖晃晃走出來的手塚，其身後跟著的，竟然是那個青銅怪物。

啊！到底是何時潛入的？青銅魔人就在那裡。嘰哩嘰哩、嘰哩嘰哩的齒輪聲依舊，如黑洞般的雙眼，新月形的黑色嘴巴，怪物終於出現在名偵探的面前。

奇奇怪怪

明智偵探搶先眾人一步跳進鐵絲網裡。就在他將手攀在鐵絲網門，要將門打開時。

突然，傳出趴鏘的聲響，頓時倉庫裡陷入一片黑暗。青銅魔人破壞了燈泡。

雖然走廊有電燈，但是卻照不到黑暗的倉庫裡。怪物和手塚在裡面的動靜，外面的人根本一無所知。

明智偵探從口袋取出備妥的手電筒，拉開鐵絲網門，跳入裡面，中村組長則跟在他的身後。

然而手電筒的光線太微弱，仍然看不清楚。只聽到角落裡，怪物和手塚糾纏在一起的聲音。可是光線照不到。

金庫旁，突然傳來噗通，有人倒地的聲響。明智偵探迅速用手電筒往那兒一照，倒下的是手塚。就著微弱的光芒，看到手塚臉上露出痛苦的表情，正掙扎的想起身。

中村組長一個箭步衝了過去，扶起手塚，明智則又將手電筒照向大金庫的正面。

「啊，金庫！」

手塚大叫一聲。

金庫門已經被打開，裡面的抽屜空空如也。手塚衝向抽屜。

「不見了，夜光錶不見了！」

啊！青銅魔人真的按照約定，奪走著名的寶石懷錶。不過，竊賊根本無處可逃。倉庫門前明亮的燈光照射著，沒有看到任何人離開入口。當然也無法從窗戶逃走。因為倉庫裡每扇窗戶都已經安裝鐵條。這就表示竊賊還在倉庫裡。現在就好像是甕中捉鱉一樣。

外面的走廊傳來腳步聲。昌一、太一和幫傭學生等人都趕來了。另外，還有兩名警察和平林。

明智在發現金庫的門被打開後，立刻跑向鐵絲網門大叫著。

「平林先生，請你到裡面來幫手塚先生。幫傭學生快點拿新的燈泡過來。兩名警察也請進來搜索一下。其他人在門外嚴密監視，如果看到可疑的人出來，馬上大叫。」

平林和兩名警察進入倉庫裡，不一會兒，幫傭學生也拿著手電筒趕來。當這些人進去之後，明智關上鐵絲網門，並站在門前，環視倉庫內的一切。

中村組長換上學生拿來的燈泡，在一片光亮的倉庫中，平林扶著手塚站在角落。手塚額頭上流血，不過，只是輕微的皮肉外傷。

中村組長走到窗邊，臉貼在鐵條上，叫喚在外面守衛的警察。

「外面有沒有異狀？」

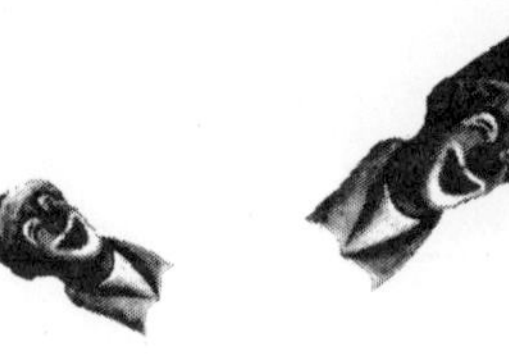

「無異狀。」

警察們回答。

「好，窗戶、牆壁和屋頂都要仔細留意。一旦發現可疑的傢伙，立刻吹哨子。」

庭院各處都有室外燈，六名警察也都拿著手電筒，應該不會有任何遺漏。

在明亮的燈光下，倉庫內展開大搜索。青銅魔人到底躲到哪兒去？四周完全不見蹤影。中村組長、兩名警察、幫傭學生，以及恢復元氣的手塚和平林等人，徹底搜查倉庫各個角落。

倉庫裡放置盛裝和服的大箱子、櫥子，還有其他的道具。全部一一打開檢查，甚至找尋後方的牆壁、地板等，所有可以藏匿的地方，全都滴水不漏的仔細檢查過。包括牆、地板、天花板。可是卻沒有發現青銅魔人，這裡明明沒有祕密通道啊！

在搜查的過程中，明智偵探始終沒有離開入口的鐵絲網門前，並以精銳的目光巡視著四周。他擔心在大家進行搜索時，怪物伺機從入口溜走。

然而經過一個多小時的搜查，卻毫無嶄獲。在倉庫外面巡邏的警察們，全都斷言怪物不可能從窗戶、從牆壁或從屋頂逃走。而在倉庫入口監視的人，也都表示沒有看到任何人離開鐵絲網門外。甚至倉庫內的地板也沒有異狀，怪物不可能地遁。

亦即前後、左右、上下，根本沒有一點躲藏的空間。龐大的金屬製怪物，竟然消失在猶如鐵箱子般的倉庫裡。

到底該如何解釋眼前的景象呢？難道怪物真的變成肉眼看不到的氣體消失了嗎？不，世上絕對不可能有這種妖怪。又或者是負責搜查的人全都中了催眠術。不，這更是荒謬。在這種關鍵時刻，根本不可能對每個人進行催眠。大家全都清楚看到手塚被怪物攻擊的狼狽模樣。既然如

此，該如何解釋這個不可思議的現象呢？真是一個難解的謎團。

手塚和家人們，中村組長和警察們，此刻彷彿做了一場惡夢，驚訝不已，只能茫然的面面相覷。

就算是名偵探明智小五郎，看來也無法解開這個謎團。他頹喪的坐在倉庫前的椅子上，用手指梳著膨鬆的頭髮，不斷思索著。

通常當明智用手指纏繞頭髮時，就會想到因應的對策。那麼，難道這個無人解得開的謎團，明智已經找到線索了嗎？

確實如此。就在這時，我們的名偵探出現奇怪的想法。這個不可思議的謎團，在明智的腦海中，似乎已經開始出現解答的端倪。但是，在尚未掌握到確切的證據之前，他還是不動聲色。這是名偵探的習慣。這時，中村組長揶揄道：

「看來就算是明智，也拿這個怪物沒輒。」

當然明智只是笑而不答。

青少年機動隊

手塚家發生怪事件的同一天傍晚。在昏暗的上野公園內，身穿卡其色上衣，穿著木屐，沒有戴帽子的少年，吹著口哨。

這個悠哉無所事事的流浪少年，臉色紅潤，有一張蘋果臉頰。咦！彷彿似曾相識?啊，原來是少年小林！雖然換了服裝，但的確是明智偵探的助手小林。

這次小林並未和明智偵探到手塚家，那麼他喬裝改扮成這個模樣，在公園裡溜達，究竟想做什麼呢？

口哨似乎是一種信號，從對面的樹叢中，鑽出一個和小林裝扮相同的十二、三歲不良少年。兩人最大的不同點是，這個孩子約莫較小林小兩、三歲，蓄著一頭長髮，而且披頭散髮的，臉色也比較差。

「小林哥，有什麼事啊？」

不良少年走近小林，彷彿很懷念他似的，熱切的問道。

「喔！我有事要拜託你們，叫你的同伴們到這裡來集合。」

小林似乎認識這個骯髒的少年。

不良少年迅速跑開，不一會兒，帶來十五、六個和他一樣蓬頭垢面的少年。

「好，你們全都圍過來。」

少年們依照他的指示，在小林四周圍個圈圈。在這群孩子當中，小林似乎很受歡迎。

小林輕咳一聲，開始奇怪的演說。

「各位——我知道你們奉老大的命令，四處撿香菸去賣，這倒無所謂。可是你們有時候會當扒手，關於這件事，你們別想瞞我，我可清楚得很。我知道你們並不想當扒手，而是無可奈何的。因為你們沒有爸爸媽媽，沒有人照顧你們，但是，你們不能夠再這樣下去，所以我有事要跟你們商量。你們願不願意加入我們的少年偵探團呢？」

「少年偵探團是什麼？」

不良少年開口問道。

「先等一下，我會說明的。你們知道名偵探明智小五郎嗎？」

「不知道。」

「啊！我知道、我知道。他是有名的私家偵探。」

聽過明智大名的大概有五、六人。

「好，先來談談那個私家偵探吧！我就是明智偵探的弟子，我是他的少年助手。身為弟子的我，擔任團長，帶領小學生和中學生，成立少年偵探團。為了逮捕壞蛋，做一些孩子們能夠做的事情，對社會貢獻一己之力。

對了，你們聽過壞蛋青銅魔人嗎？」

「聽過。」

「我知道。」

不良少年全都像個小學生似的，舉手回答。僅僅一個多月的新聞報導，怪物事件已經無人不知、無人不曉。

「敵人就是青銅魔人，你們怕不怕？」

「我告訴你噢，我還跟他說過話呢！」

雖然不良少年們有時會撒謊，但是，和一般小孩不同，他們一點兒也不害怕。

「老實說，這原本是我們少年偵探團應該做的事，但是，對方老是在半夜出現，又不能讓白天還要上學的團員們做。不能讓他們涉險，這是明智先生堅持的。

不過，你們即使在半夜活動也沒關係，有時你們的表現就像大人一樣，所以這次的工作我想交給你們去做。

但是，你們還不是本團團員，如果讓你們加入本團，其他團員恐怕會不高興。因此，我打算另外組成少年偵探團不良少年機動隊。今天就是正式成立的日子。」

「什麼不良少年？我不喜歡，有沒有更好聽的團名。」有兩、三個人提出異議。

「你們可能沒聽過，英國有一個著名的私家偵探福爾摩斯。那位偉大的福爾摩斯先生，也讓像你們這樣的不良少年或流浪漢當助手，幫助抓壞蛋。他們的英國偵探團團名叫『麵包店的無賴隊』。這個無賴隊立下無數汗馬功勞，為世人所知，贏得大家的讚揚。所以，不良少年機動隊並不是什麼不好的名字呀！」

經過小林一番吹捧與解釋，少年們終於同意。

「今天的工作，就是在今晚十點的時候，青銅魔人打算偷溜進某個人家中，你們就包圍在住宅的圍牆外。一旦發現魔人逃走，就悄悄的跟著他。不必所有人都去，只要派兩、三人跟蹤就可以了。最重要的是，找出怪物的巢穴，其他事就交給警察去做。這個任務很棒吧！我會和你們同行。

如果你們能夠做到，我一定會拜託明智先生，到時候你們就不必撿香菸，還能夠去上學噢！」

不良少年們原本就喜歡冒險，更懂得跟蹤別人。若是大人跟蹤，很快就會被發現，但是十二、三歲的不良少年跟在身後，不會有人在意。而且個頭嬌小，動作敏捷。結果十六個少年全都答應小林的要求。

小林為大家買了電車票，將不良少年機動隊分為五組，各自搭乘不同的電車，掩人耳目，帶他們來到手塚家附近。

不良少年們，全都有當過扒手的經驗，很擅長在別人沒有察覺的情況下進行追蹤。

小林不必一一的指示他們，他們也知道該怎麼做。於是兩、三人就

在手塚家的圍牆躲藏起來。

當時已經過了晚上八點。接下來的兩個小時，要在寒冷的天氣下等待，的確是很痛苦的事。若換成其他孩子，早就感冒了。可是，不良少年們早就已經習慣這樣的環境，各自抓起稻草，蓋在身上，等待怪人的出現。

天空的怪物

小林少年和兩名不良少年，在手塚家後門，最荒涼的地方守候，嚴陣以待。圍牆旁樹叢茂密。三個人為了抵禦寒冷，互相抱在一起，隱身在黑暗中盯哨。

已經過了十點，如果魔人遵守約定，應該已經出現在倉庫中了。

「也許明智老師已經抓住魔人。如果老師真的抓到那個怪物，他會給我信號。現在一直沒有信號，表示對方已經逃走，或者這封信只是恐嚇信罷了。」

正當小林沈浸在思緒中時，對面十公尺遠的圍牆前，突然竄出一條高大的黑影。

「啊，是那傢伙！」

小林拍拍兩側不良少年的肩膀。

在沒有月亮的漆黑夜晚，白色水泥牆前，出現的黑影十分清晰。黑影的裝扮相當怪異，身著黑色寬鬆的外套，豎起衣領，遮住下巴，軟帽的帽緣甚至壓低到眼睛的位置。一般人帽子下方的臉應該是白色，然而這名男子的臉卻是黑色的。

不只如此，這傢伙走路的方式真的很奇怪！就好像機械一樣，非常的不靈活。再豎耳聆聽，啊！果然聽到傳聞中，巨人咬牙似的嘰哩嘰哩的聲音。

小林對兩名不良少年示意，站了起來，在不讓對方發現的情況下，尾隨在怪物身後。不良少年察覺小林的想法，立刻縮著身子，躡手躡腳的跟在身後。

不一會兒，來到一片廣大的原野。極目所見盡是頹圮的水泥牆，堆著許多磚瓦，看起來十分荒涼。遠處有一座廢棄工廠，看見水泥煙囪矗立在高空。

怪物沒有發現自己被跟蹤，仍然以奇特的姿勢大步的走著。有時會發出齒輪般巨大的聲響，有時卻又非常微弱，微弱到幾乎聽不到。當聲音很強時，彷彿怪物在發怒，也許他真的生氣了。

跟在後面的小林等人，擔心怪物突然回頭，發出可怕的齒輪聲，追趕而來，內心不禁七上八下的。所幸魔人並未察覺，一直往前走。高聳直逼雲霄的煙囪，在眼前愈來愈大，怪物逐漸逼近煙囪。

轉眼就來到煙囪下方。這裡還遺留放置鍋爐磚瓦砌成的小屋。沒有屋頂，四面圍牆大半已經傾頹，但是，依稀可辨小屋原本的面貌。怪物走進磚瓦小屋中。

「咦！奇怪，難道那裡有地下室嗎？或者這裡是魔人的巢穴？」

小林遠遠的觀察小屋內的動靜。因為很昏暗，所以看不太清楚，不過，怪物並沒有消失在地下，而是坐在小屋裡好像石階似的地方休息，一動也不動。

小林打定主意「就是現在」。只要現在立刻跑回手塚家，通知明智老師，讓警察包圍此處，怪物就有如囊中物一般。於是，要兩名不良少年嚴密監視，一旦怪物有所行動，立刻繼續跟蹤。輕聲吩咐之後，小林趕緊摸黑，折回手塚家。

十分鐘、二十鐘過去，不良少年們還是戰戰兢兢的盯著怪物瞧，然而怪物卻一直坐著，文風不動。到底這個機械人在想些什麼？

不久，黑暗中彷彿有東西在移動著，感覺黑影陸陸續續從四面八方

接近。

「喂，來了好多警察，而且你們的同伴也來了噢！」

小林低聲在不良少年耳邊說道。小林身後的幾個不良少年，用力的點頭。

警察已經完全包圍了磚瓦小屋。這時，哨子聲響起，大型手電筒的光全都射向小屋內。頓時手槍砰、砰同時發射。

警察奉命不可槍殺怪物，只是用來警告而已。

青銅魔人看到手電筒的光，立刻站了起來。爾後他的體內傳出嘰嘰的金屬摩擦聲。怪物不會說人話，口中喃喃說著莫名的機械話語。青銅嘴巴不斷動著，如黑洞般的雙眼，迸射怪異的光芒。如銅像般的巨大身體，逐步走到小屋外。

警察們嚇了一跳，「哇」的叫了一聲，開始不停的退後。用來威嚇的手槍，更是不停的發射。

怪物走出磚瓦小屋，站在那裡環顧四周。四面八方聚集了手電筒的光，此起彼落的手槍聲猛烈響著，看來似乎已經無法逃走。就在這時，怪物走到煙囪下方，手腳攀在水泥表面梯子狀的金屬物上，開始向煙囪上攀爬。

難道他想逃向空中嗎？即使他爬到煙囪頂，可是這裡已經被包圍，他一樣無處可逃。難道他打算爬到煙囪上面，變成汽球，輕飄飄的升到漆黑的空中嗎？

這根煙囪遠比公共澡堂的煙囪高，怪物猶如機械製的猴子般，一刻也不停的迅速往上爬，手電筒的光甚至已經照不到他了。但是，還是可以看到黑影在高聳的白色煙囪上不斷的爬著。

愈是往上爬，黑影就愈小，最後終於來到大煙囪的頂端。隨後遙遠的夜空，傳來金屬摩擦般嘰哩嘰哩的聲響，就好像在嘲笑下方圍觀的人似的。

怪物的真實身份

又過了四、五十分鐘，煙囪周圍彷彿發生火災般，十分吵鬧。中村組長臨機一動，打電話給鄰近的消防局。一輛備妥小型探照燈的消防車立即前來。探照燈連接附近的電線，炫目的光線立刻射向煙囪頂端。

青銅魔人並沒有升天，還坐在那裡。煙囪頂上，兩條金屬腿搖搖晃晃的，雙手伸向天空，好像瞪著下方似的，還是發出那令人厭惡的嘰哩嘰哩聲響。

警察無法爬上煙囪擒住怪人，因為沒有立足的地方，更不知道對方的力氣有多大。於是中村組長要求消防局，用水柱沖怪物。如此一來，怪物一定會承受不了的跑下來。然而他想錯了，怪物依然穩如泰山。

發動消防車唧筒的引擎，消防人員握住水管，發出強力的噴水聲，

水不斷的射向空中的怪物身上。

用唧筒的水猛沖，不足以殺死煙囪上的怪物，只是消防人員全身都被水沖刷，感覺痛苦罷了。

但是，魔人卻不以為意，機械人沒有感覺神經，就算用水澆淋他，他也無所謂。

水柱愈來愈猛烈，怪物開始搖晃。啊，糟了！就在這時，怪物從煙囪上掉落，嚇得眾人驚呼出聲。

不知道是水柱太強，還是怪人故意這麼做？青銅的身體朝左右劇烈搖晃，怪人的身影突然從煙囪上消失。不過，不是像煙一樣消失，而是向下墜落。在高空中，有如黑鐵塊，像箭一般，掉落到地面上。眾人又是「哇」的一聲。

就在這個時候，黑暗的地面發生了難以解釋的怪事。

站在警察身後的小林少年，抬頭看著煙囪，怪物墜落，他立刻衝到

該處。就在他舉步時，突然覺得頭上有烏雲罩頂一般，視線模糊，上一秒身體好像飄浮在空中，下一刻卻又彷彿掉入無底深淵。小林根本不知道發生什麼事。

在眾人注意怪物時，沒有人發現小林身上竟然發生奇怪的事情。在一瞬間，小林突然不見了，從世界上消失蹤影。

青銅魔人發出可怕的聲音，墜落地面。警察們立刻蜂湧而上。光靠手電筒的光是不夠的，於是移動消防車，用車頭燈照明。怪物的下場非常悲慘，從高處掉落，不可能還活著。不過，他的死法卻相當奇怪。手腳斷裂，肚子敞開，可是卻沒有流一滴血。而且從腹中掉出來的，不是內臟，而是無數大大小小的齒輪。

啊！這傢伙連身體都是機械製成的，是個貨真價實的機械人。

那麼，是何種力量驅動齒輪的呢？不可能有如此巨大的力量可以驅使機械人。既沒有電力，也沒有足以驅動機械人的蓄電池。到底是誰發

明這個機械人？這個發明者到底又有什麼來頭？

中村組長站在魔人的屍體旁，用鞋尖踢踢他的肩膀。因為是未知的妖魔，所以，藉此確認他是否還活著。眼看機械人一動也不動的躺在地上，看來真的已經回天乏術了。

「原來這就是青銅魔人啊！」

看到散落一地的齒輪，大家有種被耍了的不快感。

但是，這個機械人做了許多壞事，又像輕煙般消失，讓人覺得很不舒服，不禁湧起一股不可思議的異樣感覺。

眾人圍繞在奇妙的屍體旁，沈默不語。因為實在太詭異，大家反而不知該如何看待這件事，該說些什麼。

就在眾人迷惘時，名偵探明智小五郎出現了。明智默默的走近機械人的屍體，蹲在一旁，仔細檢查。

「咦！這是什麼？」

抬起怪物的右手，絞鏈般的青銅手指緊握著，手指之間露出白色紙片的一角。明智小心翼翼的抽出紙片，攤在膝上，撫平皺摺。就在消防車的車頭燈前，細讀紙片的內容。

「啊！原來是一封信。這傢伙想用信告訴我們什麼事？」

紙片上仍然寫著分不清是字，還是繪畫的奇怪的注意符號。

「復仇。」

只有「復仇」字樣，也就是敵人要復仇。

但是，死去的怪物要如何復仇？這就不得而知了。對方看起來就像妖魔一般，雖然已經死亡，卻留下如此可怕的東西，到底他還有什麼陰謀？

後來，機械人被運到警政署的理化學研究室詳細勘驗。警察和消防人員陸續撤走。就在這時，明智偵探突然發現小林不見了。

不良少年機動隊的少年們，因為看到如此駭人的景象，全都嚇得縮

在一起，啞口無言。當明智詢問不良少年小林的事情時，其中一人走到他面前，說了奇怪的話。

「真的很奇怪，我也搞不懂。小林哥突然消失不見，當時，我就站在他旁邊。可是實在太暗了，我看不清楚。但是他真的突然就不見，就這樣呼的消失了。」

不良少年說得七零八落，根本沒有人聽得懂。但是，小林的確不見了。無論大家怎麼努力找尋，就是沒有發現小林的蹤跡。直到第二天，小林仍然沒有現身。

啊！到底是怎麼回事呢？青銅魔人確實已經身亡了，不可能還存活著。但他是如何抓走小林的？如果魔人要復仇，那麼，這的確是可怕的復仇。

小林現在身在何處，難道真的消失了嗎？

這當然是有理由的，而且是大家意想不到的理由。

鏡中的怪人

雖然詭異的青銅魔人已經死了，但是，他並沒有停止作惡。魔人的可怕，彷彿無所不在，而且似乎企圖展開邪惡的復仇計畫。

首先採取的行動是擄走明智偵探的少年助手小林。正當大家看著魔人墜地時，小林面前有一塊黑布從頭上罩下來，他就這樣昏倒了。

不知過了多久，小林彷彿做了一場惡夢，突然驚醒。

房內空空的，有紅光。睜開雙眼環顧四周，天花板垂掛細的鐵鏈，鐵鏈下方吊著奇形怪狀的石油燈。

左顧右盼，發現這是一個以往從未見過的屋子。四面是用石頭砌成的石牆，天花板是由粗大的木材組合而成，上面還鋪著厚的板子。地板則是大的石塊，沒有鋪任何東西。室內的家具也只有一張木床，小林正

躺在上面。

「這到底是什麼地方?」

這時，小林突然想起，當他正抬頭看青銅魔人從煙囪上墜落時，忽然有一團黑色的東西從頭上罩下來，結果自己就失去意識了。

「原來我暈倒了。這兒到底是哪裡?」

小林想要下床，卻發現全身好像被捆綁住，無法自由活動。勉強站在石頭地上，搖搖晃晃的走了兩、三步。這時，他突然啊的大叫一聲，呆立不動。小林看見了一幅駭人的景象。

正面石牆上有窗戶，可以看到對面的房間。窗外卻出現了一個可怕的東西，就是那個青銅魔人。

明明已經從煙囪上墜落的怪物，現在竟然出現在這裡。小林不禁懷疑自己是否還身在夢中。

怪物佇立在窗外，一動也不動的看著這裡。側著頭，不知道在思考什麼。接著又聽到嘰哩嘰哩的咬牙聲，奇怪的事，小林卻覺得好像是從自己的肚子裡傳出來似的。

一直對看也不是辦法，小林試著往前走一步。然而怪物彷彿在模仿他似的，也往前走了一步。當小林舉手時，對方也舉起手。小林側著頭時，對方也側著頭。

「咦，奇怪！」

小林的腦海中突然閃過一個不祥的預感，當然這是不可能的事。但他還是試著走近窗戶，沒想到怪物也朝自己的方向逼近。隔著窗戶，好像看到兩張臉。

小林向前伸出右手，結果正如他所想的，那裡鑲著一面玻璃，而小林的手碰到厚玻璃，發出喀鏘的聲音。

彷彿一盆冷水迎頭灑落，小林背脊發涼。

原來不斷走過來的，不是青銅魔人，而是小林自己。

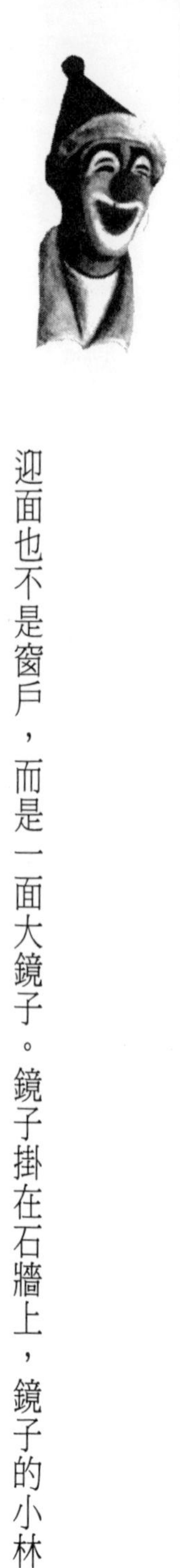

迎面也不是窗戶，而是一面大鏡子。鏡子掛在石牆上，鏡子的小林已經變得和青銅魔人一模一樣了。

無法置信的看著自己的身體，伸出雙手，楞楞的瞧著。奇怪！不只是鏡中的倒影，就連自己的身體也變成了青銅。

下床時，覺得動作很不靈活，原因就在於此。柔軟的身軀，被如鎧甲般的青銅覆蓋。

小林用雙手摸摸臉和頭髮，臉和頭髮全都發出喀嘰喀嘰的金屬聲。啊！難道小林被妖怪施以魔法，變成活銅像了嗎？

「嘿嘿嘿！」

後方突然傳來詭譎的笑聲，嘿嘿的笑聲隱含一絲譏誚。

小林回過頭，赫然看到一個猙獰的怪物站在那裡。

地底的小丑

雖然是怪物，卻不是青銅魔人。就好像不該出現在這種場合的小丑般，整張臉都是白的，而且咧著大嘴，陰森森的笑著。

身穿寬鬆紅白相間睡衣似的服裝，臉上塗滿白粉，雙頰畫得有如紅太陽般火紅，連嘴唇也塗成鮮紅色，頭上戴著紅白相間的尖帽。

小林恍如置身夢中，瞪著小丑。小丑停止笑聲，說道：

「不良少年偵探，你很吃驚吧！你想這裡是什麼地方呢？這裡就是地底的青銅魔人國。這裡只有一個魔人的祕書官兼翻譯官，是這個國家裡，唯一用肉體構成的人，就是我。」

「那麼，青銅魔人不只一個囉？」

小林張口詢問，然而卻發出像齒輪摩擦的嘰嘰的嘶啞聲音，連自己

也聽不清楚。啊！沒想到小林的聲音也變成和青銅人種一樣。

「嗯！你說的沒錯。從煙囪上掉落而毀壞的傢伙，只不過是機械人而已。真正的魔人正平安無事的待在地底呢！」

小丑似乎能聽懂小林如齒輪摩擦般的聲音，難怪他會當翻譯官。

「接下來你是不是想問，為什麼自己會變成這副模樣呢？」

小林仍然以嘰嘰的聲音詢問。小丑咧嘴一笑，答道：

「這全都要怪你將魔人逼到煙囪上。如果將你變成地底的不良少年魔人，你就無法再做這些事。甚至連你們老師明智小五郎，我們也打算把他變成青銅人呢！嘿嘿嘿……」

聽對方的解釋，小林明白事情的始末，開始有了頭緒。

小林並非全身都變成機械人，只不過是穿上青銅鎧甲而已。臉和頸部以上全部被包住，被面具般的東西覆蓋。所以出聲說話時，才會發出嘰嘰齒輪似的聲音。而且青銅鎧甲的腹部上了發條，才不斷的傳出齒輪音。

「原來從煙囪上掉下來的，只是一個機械人。在眾人渾然不覺的情況下，和真人互相替換了。我竟然完全都沒有發現。」

啊！真是一幅奇妙的光景！臉上的妝塗得像牆壁一樣厚，戴著尖帽的小丑，以及從頭到腳，用青銅包住的少年，兩人在紅色的燈光下，猶如朋友般的交談著。

「嘿嘿嘿……這就是魔人國的魔法，是連名偵探明智先生也解不開的謎。更何況是你這個小鬼！」

「哼！魔人像煙一樣消失也是魔法嗎？」

「沒錯，這是魔人國第一步的魔法噢！另外，還有很多魔法，日後你就會知道了。一旦進入魔人國，就不可能再回到人類居住的世界，所以告訴你也無妨。這裡擁有世界上無與倫比的華麗美術館，魔人長期收集來的各種美術品，總共放滿七個房間。

其中有一個稱為鐘錶室的房間。最近正廣泛的蒐羅，擺在這個房間裡。世界著名的罕見鐘錶，全都要得到。

現在，我就讓你見識見識這七個房間。不過，在此之前，我們先去餐廳，我想你肚子應該餓了。」

小丑做出跟我來的手勢，小林則乖乖的跟在他身後。那機械般的走路方式，雖然讓人覺得很不舒服，但是披著青銅鎧甲，只能採取這種走路方式。

連接各個房間的，不是走廊，而是狹隘的石頭隧道。在昏暗的隧道中，約莫走了十步，就遇到岔路。朝左側延伸的道路盡頭，有一扇木板門緊掩。

小丑示意要小林打開。小林只好用極不靈活的青銅手指，打開沈重的門。只瞧了裡頭一眼，受到驚嚇似的立刻關上木板門。

在偌大的石頭室裡，竟然有一尊宛如大銅像的青銅魔人，佇立在那兒，瞪視著自己。

小魔人

「嘿嘿嘿，嚇一跳是嗎？等一下還有更多你意想不到的事情呢！三分鐘，在這三分鐘內，你絕對不可以打開門偷看裡面的情況。三分鐘，三分鐘噢！」

小丑咧嘴笑了起來。撩起睡衣的袖子，看著鑲著精美寶石的手錶。這只手錶一定是魔人不知道從哪裡偷來的。

因為小林從一開始就一直遇到難以解釋的事情，所以現在的小林，根本沒有思考的餘力，只能茫然的呆立在門前。終於過了三分鐘，小丑說道：

「好，你現在可以打開門了。」

又笑了起來。

小林無言的打開門，再度望向裡面。咦！到底是怎麼回事？房內竟然空無一人，先前看到的魔人消失得無影無蹤了。

環顧四周，企圖尋找其他的出口，可是小林發現，除了打開的門之外，四面全是用石頭砌成的牆壁，沒有門，也沒有窗戶。

難道石牆的某處有祕密通道可以出去嗎？小丑卻說沒有其他通道，帶著小林摸索四面牆壁。除了一個小小的空氣孔之外，根本沒有任何可疑的地方。如銅像般的男子，三分鐘內竟然像煙一般的消失了。

「嘿嘿嘿，怎麼樣，這就是魔人國的魔法。這就是我要讓你看的東西。現在就去吃飯吧！吃飽之後，我帶你去見魔人的主人，還有很多不可思議的事在等著你呢！」

空曠石室的正中央，擺設一張精緻的大桌子。桌子四周，擺著六張

雕刻精緻的高椅。小丑坐到其中一張椅子上，要小林也坐下來。

這個房間也是用石油燈照明。不過，天花板還懸吊著如水晶燈般，有玻璃燈罩的燈。

大桌上放置一個門狀的裝飾品，門裡有小吊鐘。小丑拿起一旁的金色棒子，不停敲著吊鐘。鏘鏘清脆悅耳的聲音，傳得極遠。

鐘聲彷彿信號一般。不一會兒，小怪物出現在敞開的大門入口，同樣是青銅臉、青銅身體。但是比小林更矮小，模樣逗趣可愛。小魔人雙手捧著大銀色的盤子，銀盤上擺滿裝著西式餐點的小盤子。

小魔人將盤子遞到小林面前。這時，入口處又出現其他怪物。這個傢伙又比之前的小魔人矮一半，好像玩具似的豆魔人。豆魔人也托著銀盤，上面則放置咖啡杯。

魔人國竟然有小孩。難道機械人也會生小孩嗎？魔人國該不會是用這種方式增加人民的吧？也許小魔人是哥哥，而豆魔人是弟弟。哥哥看起來十二、三歲，弟弟則只有七、八歲。

小丑又咧開他的血盆大口笑了起來，看著眼前的景象說道：

「對了，如果不張開嘴巴，就不能享用大餐囉！」

喃喃自語的說著，並從口袋裡掏出小鑰匙，在小林青銅下巴附近轉動。面具的下巴部分啪的鬆開，呼吸頓時輕鬆不少。

「嗯！你就慢慢的享用美食，我要去通知魔人了。」

小丑笑著說道，從入口走了出去。

石室內只剩小林、小魔人和豆魔人三人。面具下巴部分鬆開之後，小林能夠自由說話，於是對站在一旁的小魔人說道：

「你是人嗎？還是連肚子都裝著齒輪的機械人呢？」

小魔人走近小林，嘰、嘰、嘰，發出齒輪聲。然而小林完全不了解他的意思。

無論小魔人說什麼，小林都不懂，他只好又退了回去。並且開始用可愛的青銅手指在桌上寫字。

「噢，原來小魔人也識字！」驚訝的小林仔細一看，發現他反覆寫著一些注音符號。將這些注意符號連起來的字則是。

「原來你寫的是手塚昌一。站在那裡的豆魔人是，咦，是雪子，是你的妹妹雪子。我知道了、我知道了！你們和我有相同的遭遇，都被擄到這個地底，被戴上青銅面具，穿上青銅鎧甲。」

小魔人和豆魔人聞言，點頭如搗蒜。

手塚昌一和雪子就是「夜光錶」被盜走的手塚的孩子。青銅魔人不只竊取鐘錶，甚至連活的寶貝都偷。大概是要報復手塚請警察和明智抓賊吧！為了復仇，竟然將這對兄妹都變成機械人。

魔人到底為什麼要擄走三名少年男女呢？明智偵探知道這件事嗎？不，可能還不知道。也許連明智都難以倖免於魔人的毒手。

惡魔的美術館

就在這時，小丑回來了。

「接下來就帶你去看七個寶物房間，你一定會大吃一驚的。」

於是小丑帶著小林等人去參觀魔人的美術館。魔人竊取的寶物，全都陳列在地底的七個房間裡。

鐘錶室擺放各種大大小小的鐘錶，就好像鐘錶店一樣。在室內的一角，甚至裝飾著大的時鐘塔。而在正中央最顯眼的地方，華麗的黑絲絨台子上，則擺著剛從手塚的金庫裡偷來的皇帝的夜光錶，光彩奪目。

佛像室裡，有很多的大佛像，彷彿來到博物館似的。繪畫室陳列著日本名畫和西方著名的油畫。

此外，尚有寶石室、紡織品室、泥金畫屋等，收集了各種盜來的寶

物。魔人口中的「美術館」，果然名不虛傳。

小林驚愕的看著這座壯觀的美術館，同時卻更加憎恨魔人。真是可怕的惡人！絕對不能讓這個傢伙逍遙法外。

「嗯！無論如何，我一定要逃離這裡，通知明智老師和警察抓住魔人，將這些寶物物歸原主。不管怎樣，我一定要逃出去！」小林在心裡暗暗發誓。

「嘿嘿嘿……如何呢？魔人的美術館很棒吧！看完之後，我帶你們去見魔人。小林，你還是頭一次見到他吧？不過，不要怕，他不會吃了你。」

小丑先行一步，走在石頭隧道裡，深處有一個微暗的房間。

十個榻榻米大的房間，四面以黑絲絨製的布幕圍繞，天花板懸掛一個奇形怪狀的吊燈。和先前所到的房間相比，較為幽暗。

在小林等人抵達時，迎面的絲絨布幕開始移動，青銅魔人的身影突然出現在接縫處，還是發出嘰哩嘰哩的巨大齒輪響聲。

「我現在為魔人翻譯，你仔細聽著……小林，你確實將了我一軍，但是，我神通廣大。你們一定以為我從煙囪上摔下來死掉了，可是我現在卻還好好的站在這裡，沒有被你的老師明智抓住。你應該已經知道，往後你一生都必須待在這個地底。從今天開始，你不是明智的弟子，而是我的弟子。怎麼樣，不能再跟著明智，你很悲傷吧？哈哈哈，你不必擔心，你和明智會再見面的，他將和你一樣，成為魔人國的俘虜，成為青銅人。如此一來，你每天都可以看到明智了。哈哈哈。」

小丑說完就閉上嘴巴，魔人也停止了咬牙聲，揮動青銅的雙手，再度消失在布幕後方。

小林想說話，卻無法自由開口（用餐時，用鑰匙打開的下顎，又被重新鎖緊）。魔人很快就消失蹤影，所以他什麼也沒說。

接下來的一週裡，變成小魔人的小林等三人，在地底過著奇特的生

活。

到底青銅魔人是一個人，或是二個人？三個人？根本一無所知。先前離開黑絲絨布幕房間之後，魔人就再也沒有叫喚過小林等人。只是曾經遠遠的瞥見他走在隧道裡，或是出入石室。由於對方的外貌都一樣，所以根本無法猜測有幾個人。詢問小丑時，他也只是笑而不答。

小林等人並未遭到虐待或囚禁，只是有時要幫忙遞送很多東西或煮飯，工作一點都不辛苦，最讓人痛苦的是，被關在地底裡，也許一生都難再重見天日。

石頭隧道的盡頭，有一扇鐵門緊閉，看來是通往地面的出口。應該是上了鎖，無論推拉，門都文風不動。

有一次，小林在調查這個門時，身後突然傳來人聲。

「嘿嘿嘿……不行、不行，一旦擅自開啟這扇門，你就會沒命，可怕的地獄正在後面等著你。不要輕舉妄動，千萬別想從這扇門逃走。」

小丑在他身後笑道。

原本小林以為小丑只是在恐嚇他，直到後來他才知道，小丑所言屬實。門外確實是教人毛骨悚然的地獄。

古井底

如果這扇鐵門是通往地面的唯一出入口，那麼魔人外出時，門應該會打開。魔人或許是趁著小林等人夜晚熟睡時，才偷偷溜出去。

「好，今晚就不睡覺，暗中監視這扇門。等到魔人打開門，我就偷偷跟著他出去。」

小林和昌一打定主意，決定晚上不睡覺，徹夜守候。這是來到地底一週之後的事情。

小魔人小林隱身在石頭隧道轉角的黑暗中，緊盯著門看。半夜時，

青銅魔人果然以機械般的走路方式通過小林面前。

小林尾隨在後，魔人用鑰匙打開鐵門，走到外面的黑暗中，鐵門再度關上。雖然小林打算迅速跟在魔人身後，但是卻根本行動不及，結果只好站在緊閉的門前，使勁推門。

預想不到地，鐵門竟然被推開，難道魔人忘了上鎖就離開了嗎？還是知道小林在後面窺伺，所以故意不上鎖呢？

興奮的情緒已讓小林無暇深究，他來到昌一和雪子的房間，喚醒兩人，帶他們回到鐵門前。

當三人戰戰兢兢的走出鐵門時，由於四周也是一片漆黑，根本不知道身處何方。萬一魔人還在附近，後果就不堪設想。豎耳聆聽，周圍相當寂靜，怪物似乎已經走遠。

於是，小林點燃從廚房裡偷來的火柴，環顧四周。

令人驚訝的是，眼前有一個直徑約一公尺的大深洞。

若不是有火柴照明，三人可能早就跌入洞中。他們來到洞口邊緣一看，洞穴深約兩、三公尺，寬約半個榻榻米。是個用水泥砌成如四方形箱子般的洞。

就著火柴微光細看，這個盡頭有牆壁，好像箱子一樣的黑洞，大概可以容納一個人通過。如此狹窄的洞穴，也許就是通往地面的出口。除此之外，再無其他可去之處。

真是個奇怪的出入口！為什麼要到地面，必須通過這個奇特的洞穴呢？從未見過如此詭異的機關。小林雖然疑雲重重，但是除此之外，已經沒有其他可疑的地方，只好勉強鑽進洞穴裡。

三人手牽手，藉著火柴的微弱光線，緩緩走下石階。中途兩個男孩子還要不斷安慰快要哭出來的雪子。

來到洞底時，再度點燃火柴。水泥洞底積滿了水，走路時，不停發出啪嚓啪嚓的聲響。甚至連水泥牆都被四濺的水花打濕。因為是地底，

所以到處都是水。

三人不疑有他，通過只容許一人通過的洞穴，不久，走到洞外。但是，在該處點燃火柴照視，原以為已經回到地面，卻發現前方只是另一個狹隘的洞穴。

這是一個一公尺半的圓形洞穴，由火柴光可看見，它直通上方，猶如圓桶一般。但不是用水泥，而是用大石頭堆砌成的石牆，彷彿古井的底似的。

「啊！我懂了，只要爬上這個石牆，就可以回到地面。」

小林高興的說道。然而陡峭的石牆，完全沒有任何可供攀爬之處，小林一時躊躇不定。想要和昌一商量，偏偏黑暗中，兩人也無法用寫字交談。想退回原先的地下室，轉念又想，都已經來到這裡，再退回去實在太可惜了。

就在這個時候，突然傳來咚咚咚的巨大聲響，彷彿瀑布的水傾盆而下似的。

如果能夠早點退回去就好了，但是，現在已經來不及了。

瞬間，聲勢浩大的水流，從發現的圓形洞穴，有如河川決堤般流了過來。不，不能用流來形容，而是湧了過來。

由於水的衝力太強，三人差點摔倒。等到相互扶持，站穩腳步時，水深已經高達腰部。

唯一可以逃走的路，就是先前鑽過來的洞穴，可是如今已經被水淹沒。眼看再過不久，三人就要滅頂了。

小林鼓起勇氣，抱起雪子，企圖奮力朝洞穴前進，但還是失敗了，水的衝力實在太強勁了。三人就好像被人用大鎚子鏘的敲打，猛然跌進水中。

等到勉強站定，水已經上升到胸部，然而水位不斷的升高。

不一會兒，水位高到頸部、下巴……。

個頭嬌小的雪子，必須由小林抱著，否則早就溺斃。此時，用盡力氣的小林，呼吸困難。昌一則嚇得緊抓住小林。抱著雪子，抓著昌一，小林根本動彈不得。

眼看就要淹死，小林不禁絕望的放棄掙扎，閉上眼睛。

寢室的魔術

小林、昌一和雪子等三人的命運到底如何？是不是真的會溺斃？這巨大的洪水又是從何處來的？難道是魔人為了奪走三個孩子的生命而設下的圈套嗎？事實似乎又不是如此，如果不是，真相又是什麼呢？

不只地底的情勢危急，就連地面也發生了可怕的事件。

在港區的手塚家，昌一和雪子失蹤，已經一週沒有他們的消息，引起一陣大騷動。青銅魔人似乎覺得擄走兩個孩子還不夠，竟然不時在手塚家附近現身。因此，警方只好針對手塚家嚴密巡邏。

就在昌一等人溺水的半夜十二點，一名刑警正在手塚家的庭院巡邏站崗。刑警蹲下身體，透過樹叢，可以看到手塚寢室的窗戶。黃色的窗簾已經拉上，不過，由於床頭燈還開著，所以，窗簾頓時成為電影銀幕似的，浮現部分影像。

當刑警看著窗戶時，突然發現窗簾上似乎有奇怪的陰影，不禁屏氣凝神細看。

那是一個人，但不是手塚的影像。不僅走路方式奇特，而且身上有如穿著西洋鎧甲般。

「難道是那傢伙？」刑警心想。悄無聲息的來到裝設鐵條的窗邊。整個臉龐貼近鐵條，透過窗簾，觀察屋內的動靜……。

啊，果然是他！有一個青銅魔人站在手塚床邊。難道他企圖抓走手塚嗎？

此時，從睡夢中清醒過來的手塚，赫然發現青銅魔人，嚇得趕緊坐起身來。

兩人相互瞪視。魔人用黑洞般的二隻眼睛看著手塚。

手塚彷彿遇到蛇的青蛙似的，怯生生的看著怪物的眼睛，全身動彈不得。

手塚的臉佈滿驚懼，口中發出淒厲的叫聲。

刑警見狀，迅速離開窗邊，健步如飛的跑向後門。穿過長廊，來到手塚寢室的入口。因為窗戶加裝了鐵條，所以無法破窗而入。寢室的門緊掩，無論如何用力轉動門把，門就是文風不動。為了預防萬一，手塚在就寢前，一定會上鎖。不得其門而入的刑警，只好拚命吹著哨子。

走廊上響起雜沓的腳步聲。另一名刑警和其他幫傭的學生全都跑了過來。

兩名刑警合力撞門，好不容易終於踹開門，可是青銅魔人早已逃逸無蹤。手塚整個人攤在床上，不知道是昏倒了，還是……。

刑警破門而入之後，翻遍窗簾後方、床下和衣櫥裡，就是沒有看見青銅魔人的蹤影。出入口只有一個，窗戶也用鐵條封死，對方根本無路可逃。

啊！然而猶如魔術般，怪物竟然像煙一樣的消失了。

所幸手塚毫髮無傷。在刑警叫醒他之後，他氣若遊絲的說道：「快點，找明智先生……」語畢，又暈了過去。

於是刑警趕緊打電話到中村搜查組長家，並通知明智偵探。中村組長回答：「我立刻過去。」可是明智偵探事務所卻表示：「前天晚上就離開辦公室，至今都沒有音訊，感到很擔心。」

明智偵探到底身在何方？啊！難道落入魔人的圈套，被帶到地底去了嗎？

刑警再度喚醒躺在床上的手塚，餵他喝點葡萄酒，靜靜等待他恢復

元氣。不久，手塚終於可以開口說話了，但是，卻顯得很畏縮，斷斷續續的說道：

「那傢伙抓著我的手，好像要帶我到哪兒去，我只聽到嘰哩嘰哩的齒輪聲。雖然我不知道他在說什麼，但是，我猜應該是跟我一起來，這一次，我一定要抓住你。我拚命的奮力抵抗，不讓怪物得逞。後來聽到你們破門而入的聲音，魔人就放開我，不知去向了。」

「那傢伙從哪裡逃出去？這裡應該沒有其他出入口呀！」

當刑警詢問時，手塚神色恐懼的答道：

「這我也不清楚。他應該不是逃走，而是消失了。他的身影變得愈來愈淡，然後就憑空消失了。他絕對是個怪物，可怕的怪物。」

就在這時，接到電話通知的中村搜查組長已經趕到。

在中村搜查組長的指示下，首先對寢室展開地毯式的搜索，不過，仍然沒有找到任何蛛絲馬跡。因為已經深夜，只好暫時吩咐部屬，嚴密監視，讓手塚及其家人安安穩穩的睡一覺。在佈署完之後，中村組長突然說道。

「咦！手塚先生呢？怎麼不見了？」

發現床上空無一人，嚇了一跳，趕緊詢問部屬。

「他說要去上廁所，田中陪他一起去的。」

這時，田中刑警臉色蒼白，跑了過來。

「手塚先生被抓走了！真是對不起，在走廊轉角，他突然不見了。那裡的滑窗不知何時被打開，我想可能是青銅魔人在滑窗外的黑暗中窺伺。我立刻跑到庭院，用手電筒檢查四周，但是沒有發現他們。」

田中刑警犯下嚴重的錯誤，現在再責備他已經來不及了。中村組長只好帶著刑警和幫傭的學生們，對手塚家的庭院展開大搜索。只見庭院的樹林中，手電筒和燈籠的光芒穿梭其間。最後還是沒有任何的發現，手塚和魔人似乎消失在空氣之中。

繩梯

翌日清晨，天色微暗的凌晨五點，名偵探明智小五郎，赫然出現在手塚家。

「啊！太好了，明智先生，原來你平安無事。」

中村組長很高興的說道。

「那傢伙連手塚都帶走了，所以我擔心你是不是也遭到不測。你已經兩天徹夜不歸，到底去哪裡了？」

「有空我再告訴你，現在當務之急就是要找出手塚的行蹤……動作快。」

不知道明智打算到哪兒去，中村組長困惑的問道：

「你打算上哪裡找？從昨晚開始，整棟屋子不知道被我們翻了多少遍，就是查不到任何線索。」

「喔！我心裡已經有譜，總之，你跟我來就對了。另外，再找一名刑警來幫忙。」

明智很有自信的說道。

「我當然會跟你去，不過，我們到底要去哪裡？」

「庭院的樹林中啊！」

「樹林中？早就搜查過了，沒有可以躲藏的地方。」

「不，還有一處你們遺漏的地方。」

雖然不明白明智的意圖，但是，由於他過去曾經建立許多功勳，是個不折不扣的名偵探，所以中村組長還是默默的聽他的吩咐。

來到庭院，明智迅速的走進樹林中，中村組長則帶著一名刑警緊跟在身後。在高達千餘坪的廣大庭院，高大樹木聳立的樹林中，即使是白天，仍然相當幽暗。明智似乎已經知道對方的巢穴，自始至終沒有東張

西望，筆直的朝某個目的地前進。不久，停下腳步，低聲說道：「就是這個。」手指著前方。

原來是一口古井。泥土堆砌成圍住井的井圈，因為過於老舊，大半都已傾圮。中村組長狐疑的說道：

「這口井我們早就調查過了。裡面除了石牆，根本沒有什麼祕密通道。」

「噓！不要大聲嚷嚷，那傢伙就在下面。槍有帶在身上嗎？」

明智聲音愈來愈小。

「不知道何時會有危險，我當然隨身帶著槍。」

中村組長聞言，也莫名的緊張起來，趕緊掏出手槍。

「你看看這井底。」

明智用手電筒照著井底，中村組長一看，滿臉訝異。

「咦！水全都不見了？昨天晚上和先前檢查時，井裡明明積滿黑色

的水……」

「這就是魔法。那傢伙好像念咒似的，將水全都變不見。這裡就是地底祕室的出入口。」

「這麼說，魔人就躲在這地底下囉？」

「沒錯。就連手塚、昌一、雪子和小林，都在這地底下。」

「哇！真可怕。手塚家庭院的井底，竟然就是賊窩。這傢伙實在膽大包天！」

「這是魔術師的想法，當然非比尋常。因此，按照常理去推測，根本無跡可循，必須反其道而行。對了，我順著繩梯先下去，你跟在我的後面。一旦情況危急，不要管我，立刻開槍攻擊。」

「只有我們三人，沒問題嗎？對方可能有很多人。」

「沒問題。我大概已經掌握敵人的祕密了，三個人綽綽有餘。」

明智偵探打開小背包內的小的報紙包，取出黑色絲緞製的十分堅韌的細繩梯。同時，將一端鉤子鉤在井圈上，放下繩梯，然後小心翼翼的一段一段爬下繩梯。

井深約三公尺，四周的石牆長滿青苔，井底鋪著水泥。與這口老舊的井相比，水泥地似乎還很新。井底鋪的水泥，正如明智所說的，竊賊將這裡當成通往地底的出入口。

井底的寬度只能容納兩人站立，明智爬下繩梯時，默默的將手電筒的光朝石牆某處照過去，讓尾隨的中村組長能夠看清地底的通道。

該處有只供一人通過的洞穴。明智帶頭鑽進洞中，洞的另一端則是彷佛四方形箱子的石室。爬進去時，發現迎面有一扇大鐵門。

各位讀者，現在應該恍然大悟了吧！沒錯，這裡就是先前說過的井底，就是小林、昌一和雪子三人遇到可怕洪水的洞穴。

從那時候到現在，不到八小時，大量的水難道真的都被吸入地底了嗎？不，絕對不可能，因為井底已經鋪上水泥。那麼，水為什麼會不見

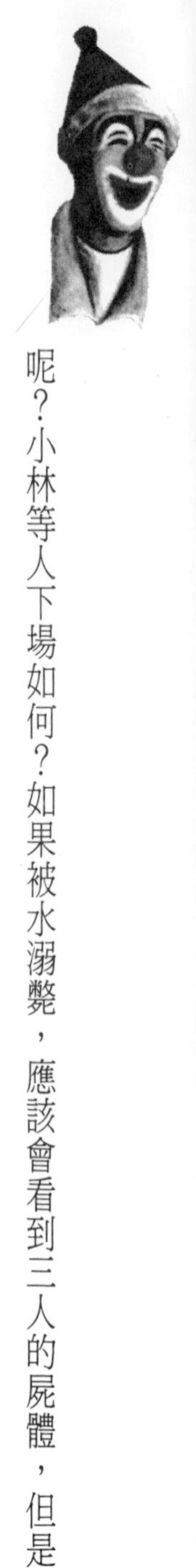

呢？小林等人下場如何？如果被水溺斃，應該會看到三人的屍體，但是眼前卻空無一物。

此外，還有更不可思議的事情呢！魔人在小林等人打算潛逃時，放水堵住他們的去路。那麼明智偵探等人進入時，魔人應該也會放水淹死他們才對，可是為什麼現在都沒有動靜呢？難道對方沒有發現偵探已經來到這裡了嗎？

重重的疑雲，不久將會揭曉。屆時大家就會明白，我們的明智小五郎是何等偉大的人物！

名偵探的魔法

明智偵探從口袋裡掏出鐵門的鑰匙，喀嚓喀嚓的開啟鐵門。

眼前一片漆黑，青銅魔人會不會正站在那裡呢？中村組長不禁握緊手槍。然而，迎面只有一條長長的微暗隧道，直到盡頭，根本沒有看到人影。

明智用手電筒照著四周，走進隧道中，臉上毫無懼色。組長和刑警則謹慎的尾隨在後。

明智彷彿是在自己家中，來到轉角時，毫不猶豫的繼續前進。繞過幾個微暗的石頭砌成的隧道之後，來到先前提過的小林等人被小丑帶去與青銅魔人見面，用黑絲絨布幕圍繞的房間。

當三人進入這個房間時，發現黑絲絨布幕的角落，躺著一個人。

「啊！是手塚先生。」

中村組長不禁開口叫出聲。

穿著睡衣、披著睡袍的手塚，手腳被綑綁，好像昏倒似的。

他們趕緊跑過去，解開繩子托抱起他。手塚似乎很累，連說話的力氣都沒有，只是虛弱的抬起右手，用手指著對面的黑絲絨布幕。

皺摺很多的二層布幕，彷彿隱藏著一個可怕的人物。啊！突然傳來嘰哩嘰哩的齒輪摩擦聲，三人不禁神經緊繃。手塚的手指著黑絲絨布幕的對合處。因為恐懼過度，臉色慘白。

布幕微微的移動，懸掛在天花板上的燈，似乎也在晃動著。難道是躲在布幕後方的魔人正在移動嗎？

中村組長舉起握著手槍的手，準備發射子彈。

「啊！等等，不要隨便開槍。這個小嘍囉交給我。」

為什麼明智拿走組長的手槍呢？由於另一名刑警沒有帶手槍，所以唯一的武器落到明智手中。

明智走到房間入口，關上門，指示刑警。

「你在門口把風。無論發生什麼事情，在沒有得到我的許可之前，絕對不可以打開門。記住！就算是中村先生、手塚先生，或是你自己，都不能踏出門外一步。」

明智奇怪的指示，令刑警瞪大眼睛。既然是發現魔人賊窟的名偵探的吩咐，雖然不明所以，但還是照著話去做。就這樣，刑警在門前嚴密的監視，連一隻老鼠都無法通過。

「中村先生，我們就要和青銅魔人見面了。」

明智說著，慢慢逼近黑絲絨布幕的對合處。這時，中村組長突然發現，剛才看著自己時，明智奇怪的眼神。

中村股長覺得很納悶，那就像是頑皮的小孩惡作劇時的淘氣眼神，似乎一直忍耐著笑意。在這種危急的時刻，為什麼明智偵探還能如此輕鬆呢？組長大惑不解。

明智打開布幕的對合處，走到裡面去。咦！為什麼他的行徑這麼大膽？青銅魔人一定在布幕後方，明智卻一個人走到裡面去。

組長屏氣凝神的看著布幕，雙手握拳。擔心裡面發生格鬥，更害怕看到布幕劇烈的搖動，於是不敢眨眼的盯著布幕。

然而接下來卻什麼也沒有發生。不一會兒，布幕打開，出現一個藍黑色的東西。

哇！原來是那個如銅像般的青銅魔人。

組長握緊拳頭，不禁倒退兩步。

魔人露出新月形的嘴笑著，彷彿在追趕組長似的，逐步朝他逼近。以機械般的走路方式走到布幕外。

明智偵探到底發生什麼事，是不是被魔人擄走了？還是被困在布幕後方呢？

如果真是如此，那麼，現在絕不能再猶豫。中村組長抱著必死的決心，準備撲向魔人。就在他衝過去，雙方距離不到一步時……。

大家請放心吧！名偵探明智小五郎才沒那麼差勁。此時，他從魔人的身後出現，笑吟吟的站在那裡。

「中村組長，你不必害怕，現在，就看我擊退這個傢伙。你看，我要變魔術囉！既然青銅魔人是魔術師，那麼，我明智怎麼可以輸給那個魔術師呢？」

說著，明智繞到青銅魔人身後蹲下，這時傳來喀嚓的聲音。

結果，啊！魔人頓時搖搖晃晃著，青銅的身體失去力氣，頸部往前垂，肩膀開始萎縮，瞬間就變得皺巴巴的，接著竟然開始溶化。就好像雪溶化似的，全身開始瓦解。最後，魔人站立的地方，只看到一塊藍黑色的東西，平攤在那裡。

「中村組長，魔人從密室裡消失的魔法就是這個。這就是那傢伙魔術的祕密。」

明智一邊說著，一邊用腳踢著已經變成藍黑色的東西，就好像活動的東西般，還在那裡抖動身體。

橡皮人

「中村組長，這就是青銅魔人的真實身份。」

明智笑著說道。

中村組長恍如身在夢中，一時無言以對。

「哈哈哈……你一定很驚訝吧！這是用厚厚的橡皮做成的橡皮人。雙腳的背面設有大洞，那裡用卡鎖卡住，在我拿掉卡鎖時，才會發出喀嚓的聲音。等到空氣從腳後方的兩個大洞漏光後，他就變成扁的橡皮人了。」

啊！原來如此！原來青銅魔人是像汽球一樣的橡皮人，真是令人難以置信。橡皮人不可能會偷竊物品，而會設置機關。中村組長詫異得不斷眨眼，暗呼神奇。

「嗯！這傢伙並非真正的魔人。」

明智走到布幕後方，拿出一條好像長瓦斯管的東西。

「這管子連接著牆壁後方的打氣筒，只要按下按鈕，機械就會自動運作，開始送出空氣。和替汽車輪胎打氣的原理相同。」

仔細檢查扁的橡皮人，明智發現能夠送出空氣的小洞。再將打氣筒的管子插在小洞上，立刻聽到咻的聲音。原本扁的橡皮人又開始移動，不停的膨脹。

「只要卡住腳後方的卡鎖，很快就會恢復成原先的青銅魔人。現在你知道這個橡皮人的把戲了吧！」

打進空氣以後，橡皮人開始慢慢的膨脹，猶如藍黑色大海龜般。空氣進入頸部時，魔人的臉已經膨脹為原先的一半大，而且搖搖晃晃的動了起來。

「啊！我明白了。這不是真正的魔人，而是魔人的替身。」

中村組長終於恍然大悟。

「是的，橡皮人自己不會動。魔人不在時，他就站在布幕的後方，當成替身。必須有人幫忙，拉開布幕，其他人才看得到魔人。我們先前聽到的齒輪聲，其實也是假藉別人之手發出來的。就是魔人的僕人，那個小丑做的事。」

說到這裡，明智走到中村組長身旁，對他吱吱耳語著。接著，中村組長對站在入口處的刑警招手，同樣附在他耳邊低聲說著。

當明智走近手塚時，突然嚇了一跳，停下腳步。

「咦！手塚先生，你的臉色很不好，是不是覺得不舒服呢？」

綑綁手塚手腳的繩子被組長解開，但是，他好像很疲累似的，身體依然倒在地上，臉色蒼白。

「不，沒什麼，沒關係。」

勉強擠出一絲低沈的聲音。

「中村組長，請你攙扶一下手塚先生，他好像覺得很不舒服。我們必須先離開這裡……。」

中村組長和刑警分列手塚左右，扶起手塚。

「不，我沒事，現在我比較擔心的是昌一和雪子。他們不知道怎麼樣了？到底在哪裡？」

手塚似乎不願意丟下兩個孩子，而獨自離開賊窩。

啊！昌一、雪子，以及我們的小林，三人現在不知道如何？古井被水淹沒，難道他們已經溺斃？還是平安脫險了？

「你放心，昌一和雪子都平安無事，現在我帶你去見他們。」

明智安慰手塚。原來三人早已獲救。不過，到底是誰，如何救出他們的呢？

恐怖箱

「明智先生，我已經知道橡皮人的祕密，但是，真正的青銅魔人到底在哪裡?橡皮人應該無法將手塚先生帶來這裡。」

蹲在手塚身旁的中村組長，詢問明智。

「我已經知道個中緣由，待會兒再告訴你。在此之前，我有東西要讓你看。中村組長和手塚先生，現在我要做很奇妙的事，你們可要仔細看好。」

明智露著牙笑著，又鑽進黑絲絨布幕中。

三人不明白明智的用意，只好默默的等待接下來發生的事情。終於看到黑絲絨布幕晃動，啪!從對合處跳出一個鮮紅的東西。彷彿從恐怖箱裡跳出來的小丑似的，突然出現在眾人面前。

身穿紅白相間的寬鬆服飾，頭戴尖帽，臉塗著厚重的白粉，雙頰塗了兩個紅紅的圓形。

三個人被突如其來的景象嚇了一跳，瞠目結舌的看著眼前的一切。小丑站在他們面前，咯咯的笑了起來。

「哇！哈哈哈，如何，我的動作很快吧！一分鐘之內塗白粉、擦口紅、換小丑服。哈哈哈……你們還看不出來嗎？我現在已經變成魔人弟子小丑了。」

「原來是你。你為什麼要做這樣的打扮呢？」

中村組長有點生氣的問道。

「昨天半夜，我就是打扮成這副模樣，做了很多事情噢！化妝成小丑，才能直搗黃龍。手塚先生，你明白了嗎？偵探易容的速度也是很快的。」

「這麼說，你偷了小丑的衣服。那麼，真正的小丑又是怎麼回事？

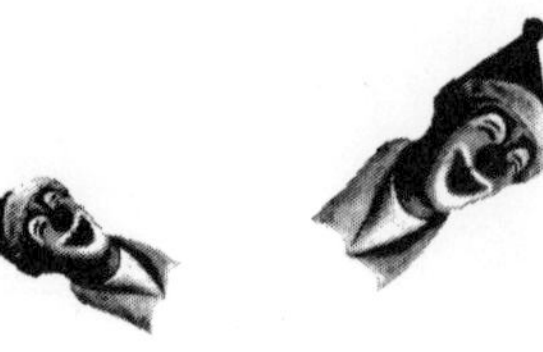

難道你……」

組長擔心的詢問。這時，明智笑著說道：

「哈哈哈，待會兒你就知道了。別急、別急！」

接著明智又迅速鑽進黑絲絨布幕中。不久，布幕全都被拉開，裡面的情況可以看得一清二楚。

明智莞爾的笑著出現了。鑽進布幕的小丑，已經消失得無影無蹤，只剩原先的明智偵探。他早就迅速的卸下身上的易容，有如變魔術般，手法十分俐落。

「現在，我就讓你們見識真正的小丑。」

明智身後，放置一個黑的大櫥櫃，其外型就像佛龕似的。他走到櫥櫃前，轉動鎖，結果兩扇門朝左右打開。

室內的光線來源只有天花板懸掛的石油燈，雖然看不清楚，但是的確有一個人在櫃子裡。一名穿著襯衫的高大男子，手腳被五花大綁。

「哈哈哈，你們明白了嗎？他在兩天前就被關在這裡。因為這兩天來，都由我代替他擔任小丑。當然，我也會負責送食物給這傢伙。手塚先生，這樣你知道了嗎？原本櫥櫃裡放著魔人從寺廟裡偷來的佛像，而我將它移往他處，再把小丑藏在裡面。」

「那麼，他是魔人的黨羽嗎？」

中村組長大聲詢問。

「沒錯。在這裡，他絕對逃不出去。」

明智關上門，重新上鎖。

「手塚先生，讓你久等了。現在我就帶你去見昌一和雪子。」

中村組長聞言，臉上透著一絲古怪，對明智說道：

「什麼？既然你知道他們的下落，為什麼還要化妝成小丑，在這裡拖延時間？為什麼不早點去救他們？」

「不，凡事都有個先後順序。我想先讓手塚先生了解我高明的易容

術。現在你和手塚先生跟我來。」

明智打開門，帶頭走到石頭隧道中。組長、刑警，以及臉色蒼白的手塚則跟在他的身後。

犯人在此

通過微暗的隧道，再轉個彎，看到另一個房間的入口。各位讀者應該有印象，這裡就是鐘錶室。裡面陳列各種大大小小的珍貴鐘錶，令眾人嘖嘖稱奇。

「手塚先生，你看，你的皇帝夜光錶就在這裡。很快就可以物歸原主，等要離開時，我們再帶走吧！」

手塚看著懷錶，眼中閃耀著光芒。因為明智已經快步離去，所以他不能老是站在這裡。

陸續通過繪畫室、紡織品室，來到佛像室，是個令人感覺最不舒服的房間。在天花板懸掛的石油燈的昏暗光線中，矇矓的佛像佇立著。

「真讓人吃驚。在這裡建立廣大的地下室，收藏這麼多的美術品，的確不簡單。那傢伙竟然能夠完成如此浩大的工程。」

中村組長有感而發的說道。

「我也很驚訝。不過，現在我終於明白個中緣由。這些美術品多半是長時間收集而來的，之前擺在其他地方。而這個地下室，是在德川時代末期由某個諸侯建造的祕密集會場所。到了明治時期，換了主人，入口被封住，沒有人知道。

戰爭結束後，魔人從某舊文書中得知這個地下室的存在。在佔據這裡之後，將美術品暗中運到此處。為了運送大佛像，甚至破壞了古井底的石牆。後來才將其恢復原狀。

怎麼樣，手塚先生，擁有這片土地的你，竟然不知道這件事，可是

我卻知道，哈哈哈。」

明智意味深長的笑著。

一行人穿梭在佛像室時，不知怎麼回事，走在前面的明智突然不見了。這裡陳列許多和真人等高的佛像，走在裡面，根本很難發現明智到底身在何處。

「明智先生，你在哪裡?明智、明智……」

無論如何叫喚，始終沒有回應，微暗的房間一片寂靜。四周的佛像彷佛正微笑的看著眾人，即使是中村組長，也不禁毛骨悚然。

三個人開始找尋明智，徘徊在佛像之間。這時，突然傳來奇怪的聲音。啊!就是那個聲音，嘰哩嘰哩，是怪物咬牙般的齒輪聲。

三人不禁嚇得呆若木雞。

佛像之間突然出現藍黑色的物體，而且愈來愈大，終於在眾人面前出現青銅魔人。

他們三人趕緊後退，魔人卻好像在追趕他們似的，逐漸逼近。並不是橡皮人，魔人移動雙腿的方式，和常人沒有兩樣。伸出雙手，想要抓住他們。

不久，又發現更可怕的事情。大魔人身後，還有其他藍黑色東西在移動。原來也是魔人，而且是小型的魔人。難道魔人也有孩子嗎？一個、兩個、三個……三個小魔人，手牽著手，跟在大魔人身後。搖搖晃晃的走過來。

「慢著，不要再靠近，你不要命啦！」

中村組長挺身而出，保護手塚。

就在這時，發生奇怪的事。突然聽到有人在竊笑的聲音，而且愈來愈大，幾乎變成哇哈哈哈的嘲笑聲，像極了人的笑聲。魔人竟然會笑，還是開懷大笑？

在眾人驚愕的時候，魔人用雙手捧住自己的頭，手不斷的往上抬，

取下頭，拿在手上。不，應該說魔人的臉變成了兩個。一個是從頭上摘下，捧在雙手上的臉，另一個則是連接身體的臉。

連接身體的臉並不是青銅色，而是一般的人臉，而且是一張熟悉的面孔。這張臉正在微笑著。

「是我、是我，對不起，嚇了你們一跳。除了橡皮人之外，還有這樣的魔人。我想讓你們見識一下。」

原來是明智偵探。他取下臉上的青銅面具，捧在雙手上。青銅頭顱後方，有一個用鑰匙鎖住的開關，只要打開開關，就能拿掉假的頭。

「這才是青銅魔人的真實身份。也就是說，穿著青銅鎧甲，戴著青銅頭盔，才能到處嚇人……在我身後的三個小魔人，不是別人，正是昌一、雪子和小林。他們被迫穿上魔人的鎧甲。身材高大的是小林，其次是昌一，最小的是雪子。」

手塚聞言，「噢」了一聲，搖搖晃晃的往前走近。小魔人全都走向

手塚身邊。手塚攤開雙手，緊緊抱住最小的魔人雪子。

孩子全都平安無事，最重要的夜光錶也找到了，接下來，只要抓住那個青銅魔人就可以了。

「明智先生，我真的很佩服你，你每次都會做出令人驚訝的事情。這可是你不好的毛病，但是算了！不過，明智先生，重要的犯人青銅魔人到底在哪裡呢？你不會讓犯人逃走了吧？」

中村組長來到明智面前問道。

「我不是說了，凡事都有個先後順序，以後再去找犯人，反正他絕對跑不了的。」

明智自信滿滿的微笑著回答。

「嗯！不愧是明智先生。那麼犯人現在在哪裡呢？」

「就在這裡。」

組長愕然環顧著四周，在幽暗的石室裡，像人一般高大的佛像，確實是很好的藏匿之處。

「你的壞習慣又開始了，少吊人胃口，快點說清楚。那傢伙到底在哪兒？」

「就在這裡呀！」

「這裡是哪裡？」

頸部以下作青銅魔人裝扮的明智，舉起右手，伸出青銅手指，指著眼前。

組長順著手指的方向看過去。

然而，那個方向沒有什麼東西，只有手塚、三個小魔人和另一名刑警，以及他們身後的兩尊佛像與入口的門。

但是，明智的手卻指著某一點，一動也不動，當然讓人難以揣測。

股長只好盯著他指的方向，聚精會神的看著。

明智的手指指的似乎是手塚先生。再看幾次，結果還是一樣。中村

組長怎麼也料想不到，手塚就是青銅魔人。

古井的祕密

手塚會是魔人嗎？當然不可能。手塚的懷錶被偷走，連孩子都被擄走，他是被害者呀！

難道魔人躲在大佛像裡？眾人全都打從心裡不相信這是事實，對名偵探投以訝異的眼光。

「中村組長，你當然不明白。我會詳細解釋的。」

明智放下舉起的手，慢慢說道：

「前兩天，我溜進地下室，把魔人的手下小丑關進櫥櫃裡，我自己就扮成小丑。昨天晚上，我就以小丑的扮相做了很多事情。現在我來說明一下：

三天前的晚上，我發現手塚家庭院的古井是魔人巢穴的出入口。原本古井底一直都有水，但是那天晚上，當我再用手電筒檢查時，發現完全沒有水。我覺得很奇怪，於是躲在林子裡的樹後方，監視許久，發現青銅魔人從古井中大剌剌的爬了出來。

我並沒有跟蹤魔人，而認為應該要先調查古井內。等到魔人離開之後，我就調查井中。結果，井底竟然流入大量的水。

耶！我想你們應該明白了吧！這的確是一個很好的計策。如果井底一直都有水，就不會引起別人的懷疑。但是魔人出入時，必須先讓水流乾。後來我再仔細檢查，發現在井底的石牆後方有個大的儲水槽。只要按下開關，就能夠藉著馬達的力量，將水抽到儲水槽中。青銅魔人從附近的電線偷電。

等到水抽乾，魔人再爬上鉤住井圈的繩梯，來到地面。

雖說是繩梯，但它其實是用堅韌的絲緞做成的繩子，大約有三十公

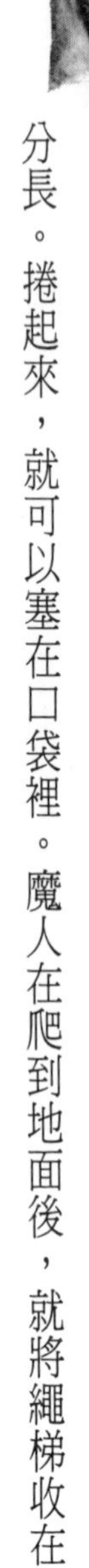

分長。捲起來，就可以塞在口袋裡。魔人在爬到地面後，就將繩梯收在口袋裡。

不到一分鐘，儲水槽就會自動打開，水大量流入，井底立刻又積滿水。如此一來，自然天衣無縫。

原本我想趁魔人不在時，溜到井底調查。可是沒有水的時間很短，鑽入井底的時間根本不夠。於是我先回家，做好充分的準備，第二天半夜，看見魔人離開後，我再利用繩梯，爬到井底。因為要潛水，所以早就穿上橡皮製的潛水衣。

鑽入井底之後，找到旁邊的洞穴。穿過洞穴，迅速進入地下道，不需要花一分鐘的時間。擦乾身體，換上放在橡皮袋裡的衣服，開始檢查地底的各個房間。後來發現三個小魔人，而且我確定監視他們的只有那個小丑。

於是，我躲在黑暗處，學習小丑的習慣動作、說話方式，再將他綁住，藏在櫥櫃裡，自己換上小丑服，假扮成小丑。當然，櫥櫃的鑰匙也在這個小丑的口袋裡。

為了確認魔人的真實身份，這兩天來，我一直偽裝成小丑。這的確是很困難的工作。

魔人平常都不在，只有半夜才會露臉。要找出他的身份真的很不容易，不過，最後我還是發現他的祕密。

變成三個小魔人的孩子，不知道我是明智，以為我是魔人的手下小丑。昨天晚上，趁我不注意時，他們偷偷商量，打算在魔人外出時，鑽到井底去，差點被從儲水槽中流出的水溺斃。」

各位讀者是否還記得，小林、昌一和雪子三人，在井底遇到的那場可怕的大災難嗎?明智現在說的，就是當時發生的事。

被揭露的祕密

明智偵探繼續說道：

「不久之後，我才發現這件事。立刻趕了過去，按下開關，啟動馬達，把水抽乾，救出三人。天氣這麼冷，三個人連頭都泡在水中，於是我趕緊替他們脫掉鎧甲，擦乾身體，帶他們到有電暖爐的地方，溫熱身體。這時，我當然已經拿到可以脫掉魔人鎧甲的鑰匙。

接下來，我讓他們重新穿回魔人鎧甲。中村組長，你知道為什麼嗎？為什麼我不讓他們換上被抓到這裡時穿的衣服，而要換回鎧甲呢？待會兒再告訴你原因。」

說到這裡，明智意味深長的嗤笑了起來。看來明智還握有其他不為人知的祕密。

「在這兩天當中，我終於識破魔人的祕密。我們一直認為青銅魔人是一個具體的形狀，其實是一大錯誤。雖然出現在每個地方的魔人模樣都相同，但事實上卻有三種魔人。視情況不同，出現其中一種。這個傢伙的鬼才的確不容小覷。

第一種魔人，是我現在穿的鎧甲的模樣。裡面是真人，可以自由的活動，所以才能四肢趴在地上奔跑。趴在地上奔跑，不見得跑得更快，而是魔人要掩人耳目，讓人誤以為他是機械人。

第二種魔人，是爬到煙囪上，被水柱沖的那個模樣。肚子裡全都是機械，所以即使中了槍也無妨。在對方不能接近的地方，就會出現這個魔人。故意讓他中槍，令大家不明所以。

這個魔人是假的，無法自己走路。真正的魔人就會趁著黑夜，將他帶到某個地方。因此，在爬上煙囪之後，真正的魔人就將假的魔人擺在煙囪頂上，代替他自己。

那麼，他是如何替換的呢？當時他早就決定要逃到煙囪頂，所以將肚子裡裝滿齒輪的代替品，吊在煙囪頂的內側。接下來，就讓這個代替品坐在煙囪上。自己事先利用長的繩梯，爬到煙囪內側。然後脫掉魔人的鎧甲，喬裝成普通人，趁亂逃走。鎧甲和繩梯全都被帶走，事後現場才沒有留下證據。

第三種魔人，則是你們先前看到的橡皮人。這傢伙負責如輕煙般消失的任務。所以出現在手塚家中的浴室、倉庫裡，以及昨天晚上在手塚寢室內的魔人，全都是橡皮人。

因此，我認為在手塚家中的某處，應該有打氣筒。只要連接打氣筒的管子，為橡皮人充氣，讓他站在微暗的場所。等到被人發現，要逃走時，再拿掉橡皮人雙腿的卡鎖，漏掉空氣，橡皮人很快就會扁下來。才會讓人誤以為魔人憑空消失。

會發出嘰哩嘰哩齒輪聲的機械，如座鐘般大小，任何地方都可以放置。只要上緊發條，就可以發出那令人厭惡的聲音。

扁的橡皮人，能夠摺疊成小的東西，便於藏匿。例如在浴室裡，可以暫時藏在桶中，不會被人發現。在倉庫時，可以擺在抽屜裡。而在放置夜光錶的倉庫中，可以在電燈被弄壞，一片漆黑時，藏在裝和服的大箱子裡。

在搜尋時，大家只會聯想到如銅像大的東西，根本不會想到已經被摺疊起來，藏在某處。像昨晚在手塚的寢室裡，就可能被藏在衣櫥或床單下……」

「等等，明智先生。那麼你要如何說明魔人那傢伙在城鎮裡跑，然後突然消失呢？橡皮人是不會跑的啊！」

中村組長打斷明智的話，問道。

「嗯！這當然有其他的原因。魔人自行在馬路旁私設了人孔蓋。下水道的人孔蓋任何城鎮都有，而且沒有人會邊走邊數到底有幾個。就好

像我們每天爬學校的樓梯，卻不知道有幾階一樣。哦！明白了吧！人的注意力是有漏洞的，而魔人就趁隙，在逃走的路線挖洞，再蓋上人孔蓋。例如，在銀座的白寶堂竊取懷錶時，消失在派出所旁。就是因為他在人跡罕至的地方，製造假的人孔蓋的緣故。魔人在鑽進去後，蓋上蓋子，暫時停止呼吸。

我問小林，他說在發生煙囪事件時，在他身後有大的黑布從頭上罩下，感覺自己彷彿掉到地底似的。其實在現場也有假的人孔蓋。小林就是被暫時抓到裡面。」

「喔！原來還有這一手。」

中村組長手臂交疊，嘖嘖稱奇。想到自己竟然被這種騙小孩的把戲玩弄，感到很失望。

「青銅鎧甲，再加上橡皮人等的組合，的確很聰明……」

組長懊惱不已。明智繼續說道：

「那傢伙有祕密的小工廠，我也知道在哪裡。事實上，這可是那傢伙費時兩年完工的。」

怪盜二十面相

「手塚先生。」

此時，明智轉頭看著手塚，大聲說道：

「魔人的祕密我已經知道了，現在你應該脫掉你的假面具了吧！」

「咦！假面具？」

穿著睡衣的手塚，牽著昌一和雪子兩個小魔人，不解的看著明智。

「你就是青銅魔人。」

「咦！我是青銅魔人？哈哈哈，你在胡說什麼？我可愛的兩個孩子被擄走，我自己也被綁到這個地方來，我怎麼可能是青銅魔人呢？這根

本不可能……」

「你不是被綁來的，而是自己到這裡來的。昨天晚上，你假裝被魔人擄走，穿著睡衣，從走廊跑到庭院，然後通過古井，躲在這裡。偽造手塚失蹤的假象，然後將一切推到青銅魔人身上。而手塚和青銅魔人可能再也不會出現在這個世界上了。

但是，卻發生奇怪的事情。當你看到井底時，發現竟然連一滴水都沒有。平常必須藉著繩梯爬到中途，再按下石牆裡的按鈕，啟動馬達，抽乾水。可是沒有按下開關，水卻已經不見。

於是你驚訝的爬下繩梯，走進地下道，再次按下出水按鈕，咦！是否機械故障呢？怎麼會沒有半滴水流出。再檢查石牆後方的馬達，發現電氣的電線被剪斷。你感到不知所措。就在猶豫不決時，天亮了，就連小丑也不知去向。這時，你聽到井外我們的談話聲，知道我們竟然要用繩梯下來。你擔心自己會被發現。

當然，你絕對不會乖乖束手就擒，突然靈機一動，想到一個妙計。只要自己綁住自己，假裝昏倒在地就好了。等到我們進來時，就會誤以為你遭到青銅魔人的毒手。

怎樣呢？手塚先生，其實電線不是自己斷的，而是我剪斷的。因為我認為如果追你到這裡，井底有水時，會造成妨礙，所以我才先破壞機械，使其無法運作。

因此，你不是被魔人擄來，而是自己來到這裡的。如何，我先前說的順序，應該沒有錯吧？」

不過，手塚還是不願意認罪。臉色蒼白，嘟囔道：

「那麼，昌一和雪子又是怎麼一回事呢？我怎麼可能陷害自己的孩子呢？」

「這兩個人不是你的孩子。」

明智斬釘截鐵的說著。

「你、你說什麼？不是我的孩子？」

「手塚先生在戰時被徵召入伍，五年從未回家，在戰場失蹤了。妻子苦苦守候，可是先生遲遲未歸，也沒有接到戰死的通知，結果憂鬱寡歡積勞成疾，而臥病在床。病情相當嚴重，連話都說不清楚。後來你假扮成手塚回來了。由於妻子病入膏肓，根本沒有和你見到面。十三歲和八歲的兩個孩子，更不記得五年前父親的長相，再加上你是日本首屈一指的易容高手，所以當然能夠成功的化身為手塚先生。」

各位讀者，請再次回味「夜光錶」的故事，當時有描述手塚從軍隊裡回來的事情。

「哼！這只是你的推測罷了，我怎麼可能為了一個夜光錶而煞費苦心呢？」

「你當然還有其他目的。你希望能夠震驚世人，不，應該說你希望讓明智小五郎吃驚，因為你非常恨我。」

「我恨你？」

「沒錯。還記得在奧多摩鐘乳洞（第3卷『妖怪博士』的事件），那是幾年前的事情了。當時雖然你已經鋃鐺入獄，但是不到一年，你又從監獄裡逃走，銷聲匿跡。雖然戰時無法為非作歹，但是，戰爭結束之後，你又本性難改。」

「你、你說什麼，我根本聽不懂……」

「哈哈哈……你還在死鴨子嘴硬。即使你再怎麼喬裝改扮，也瞞不過我的眼睛。你就是怪盜二十面相。」

突然伸出右手，指向手塚臉的明智的青銅手指，堅決的指著手塚。不，應該說是怪盜二十面相。

「中村組長，先前我一直沒有告訴你，這傢伙就是非常痛恨警察的怪盜二十面相。」

啊！怪盜二十面相！怪盜二十面相擁有二十種不同的面貌，是個有

如魔術師般的怪物，終於揭露他的真實身份。看過『怪盜二十面相』、『少年偵探團』和『妖怪博士』等書的讀者，應該對他不陌生。這個青銅魔人恐怕就是他為了震驚世人而創造的發明。

中村組長和刑警當然知道怪盜二十面相的事。等到從明智口中聽到這個名字時，眼前突然一亮，所有的謎團都揭曉了。怪盜二十面相是個很難應付的傢伙，青銅魔人的手法也的確只有他才做得出來。

就在中村組長和刑警撲向二十面相時，二十面相迅速抓起昌一和雪子兩個小魔人躲開了。

穿梭在陳列的佛像之間，逃向房間的角落時，用腳壓住兩個孩子，手伸入石牆縫隙，取出圓筒形的東西，舉到頭上。

「哇哈哈哈，明智，你的確寶刀未老，但是，我不會乖乖束手就擒的，我早就有萬全的準備。嗯！只要你再靠近一步，這個手榴彈立刻就會爆炸。」

手上拿著的圓筒形東西，原來是可怕的手榴彈。啊！如果二十面相不要命，那麼房間內的所有人都將會陪葬。

明智小五郎會顧忌得跑開嗎？不，不，他非但沒有逃走，還跑到二十面相面前，笑了起來。而且似乎覺得很可笑似的放聲大笑。

「啊哈哈哈，你以為那會爆炸嗎？你自己檢查看看，裡面根本空無一物。」

不良少年副團長

二十面相聞言，大吃一驚，放下高舉的手。

「喂！二十面相，你忘了我明智的作風嗎？我的習慣是，在取出手槍裡所有的子彈後，再將手槍還給對方。哈哈哈……手榴彈也一樣。昨天我發現之後，就把裡面的炸藥拿掉了。」

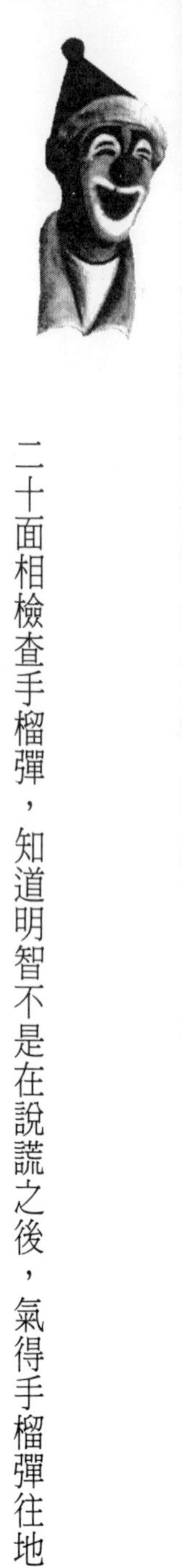

二十面相檢查手榴彈，知道明智不是在說謊之後，氣得手榴彈往地上扔。

「哼！明智偵探，你的確寶刀未老，這下可有趣了。雖然你像以前一樣，但我也不笨。我還有一手。」

二十面相嘲笑了起來。

「你是什麼意思？」

明智不服輸的微笑反問。

「我還有這兩個可愛的孩子當人質。如果你想要抓住我，就得先犧牲這兩個孩子的性命。我不喜歡殺人。我最驕傲的是我從未殺過人或傷過人，不過，這次另當別論，我可不想被逮住。你們只有用這兩個人換我一個人這條路可以走。」

二十面相嗤笑著，用腳推著腳下的兩個小魔人。

然而明智卻相當鎮定，悠哉微笑的看著對方，彷彿在說你有一手，

我也有一手。

「二十面相，我真同情你，這場賭局我贏了。」

「咦！你說什麼？」

「怎麼，你害怕了嗎？沒錯，你輸了。你以為被你抓住的小魔人是誰？先前被你穿上鎧甲的，的確是我的助手小林，但是現在，你以為小林還在裡面嗎？還是你以為其他的孩子也還在裡面？哈哈哈……，你的臉色變了。你不妨確認看看。」

明智從口袋裡掏出從小丑那裡奪得的打開青銅面具的鑰匙，來到小魔人面前，將鑰匙插入面具的鑰匙孔中，喀嚓一聲，面具被打開，從頭上取了下來。

出現在面具後方的是一名少年。眾人看向這名少年。

「啊！」

二十面相和中村組長在看到之後，不禁發出驚呼聲。

原來是一張和小林頗為相似的臉。頭髮又長又亂，臉上髒兮兮的，只有兩個眼睛閃爍著光芒。

「哇哈哈哈……，就算小林會喬裝改扮，也沒有如此高超的技巧。喂！請你告訴他們，你叫什麼名字？」

當明智詢問時，骯髒的少年笑呵呵的大聲報上自己的姓名。

「我嗎？我是少年偵探團不良少年機動隊的副團長小松。嘿嘿嘿，二十面相，這回該你哭了吧……這是明智老師的吩咐，我要代替小林團長，穿上魔人的鎧甲。你被騙了，嘿嘿嘿……」

在故事開頭曾經提及，小林為了找出青銅魔人而集合上野公園的流浪兒，組織不良少年機動隊。沒想到竟然發揮這麼大的作用。

明智說道：

「二十面相，你現在應該知道，你手上的兩名孩子不是昌一和雪子吧！既然他不是小林，那麼鎧甲中的，也不可能是昌一和雪子。你可以去確認一下，這裡有鑰匙。」

說著，將開啟青銅面具的鑰匙扔到二十面相面前。

二十面相頓時慌慌張張的撿起鑰匙，用顫抖的手，打開了小魔人的面具。

露出來的兩張臉，果然不是昌一，也不是雪子。全都是不良少年。

「哇哈哈哈……」

「嘿嘿嘿……」

不良少年似乎早就等了很久似的，咧嘴大笑。

二十面相看到不良少年的行徑，不禁傻眼，似乎忘記自身的處境，呆立在原地。

最後的王牌

連最後的王牌都失去的二十面相，是不是真的會被活捉呢？不，怪盜二十面相當然不可能如此拙劣。他還有最後的絕招。

二十面相佈滿血絲的眼睛，骨碌碌的打轉。三個不良少年「哇」的大叫，撲過來時，他迅速躲開。

動作之快，猶如旋風。二十面相丟下原本抓住的不良少年，如老鼠般，穿梭在佇立的佛像間。

明智偵探見狀，嚇了一跳。「他想幹什麼？」內心感到納悶，不知道他這麼做，是否有什麼「理由」。雖然明智已經發現了二十面相的祕密，可是仍有疏忽之處。即使是名偵探，還是有失算的時候，而且這回可是大大的失算。

穿梭在佛像間的二十面相，瞬間消失了蹤影。原本移動的人影，霎時憑空消失。只見大大小小的佛像，文風不動的佇立著。

「明智先生，那傢伙不見了，穿著睡衣的手塚不見了！」

穿梭於佛像之間，仔細檢查，中村組長訝異的說道。

橡皮的青銅魔人會憑空消失，但是，活生生的二十面相可不是橡皮人呀！

「佛像，佛像有機關。我疏忽了這一點。」

明智懊惱的說道。接著開始檢查林立的佛像。

也許二十面相正躲在某一尊佛像中，若無其事的站在那裡。

三名不良少年模仿明智，開始檢查每尊佛像。

「啊！就是這個。」

明智叫道。一尊比真人稍大的佛像背後，可以像門般的打開。設計得非常精巧，光看外觀，很難發現。不過，敲打時，聲音不同。

明智費心查看，終於發現門，小心翼翼的打開門。

怪盜二十面相是否正以猙獰的表情站在裡面呢？明智可能也擔心這一點，所以動作非常的謹慎。然而往佛像裡頭一看，只有一個黑暗的洞穴，根本沒有人。

明智從口袋裡掏出手電筒，照著佛像內。

「啊！是個祕密通道，這裡有個祕密通道，二十面相已經逃走了。中村組長，請跟我來。另外，刑警先生，請你帶三個孩子趕緊到古井出入口。這個通道應該會通往古井附近。」

明智指示一旁的刑警。

佛像的台座通往地下，裡面有一座可以容納一人通過的狹窄陡梯。明智用手電筒照明，帶頭先行。中村組長則跟在身後。

走下樓梯後，來到一個必須彎腰駝背才能通過的狹隘隧道。明智和組長小心快速通過。

如果有岔路，可能還要費點工夫，不過，自始至終，都沒有遇到岔路，隧道筆直的朝某個方向延伸。

往前走了一會兒，明智突然停下腳步。

「咦！這是什麼？」

此時，發現隧道牆上有一個洞，裡面放著捏得皺巴巴的衣服。明智拿近一看。

「啊！這是手塚的睡袍，還是熱的。原來二十面相在洞穴裡也備妥喬裝改扮的衣物，看來，現在他已經脫掉睡袍，完全變成另一種裝扮逃走了。」

「真是個謹慎的傢伙。可是他現在到底扮成什麼模樣逃走呢？」

偵探和組長互相討論著。

「就算二十面相扮成任何人物，我都不覺得意外。」

說完之後，明智又繼續往前進。

走了一會兒，迎面有一個二尺見方（約六十公分見方）的鋸齒狀洞穴。看來應該是隧道的出口。

「啊！我明白了。這個隧道出口平常用大石頭堵住，二十面相因為時間緊迫，只推開了祕密出口的石頭，來不及將它堵住就逃走。這個洞穴，一定通到古井附近。」

來到洞穴入口時，發現有人正瞪大眼睛往這裡瞧。

「刑警先生，快來、快來，有奇怪的傢伙在洞裡。」

聲音很熟悉。原來是不良少年隊「小松」的叫聲。

「不是奇怪的傢伙，是明智和中村。這裡大概就在古井附近。」

聽到明智的聲音，洞外的刑警安心的答道：

「是的，這裡是在古井的附近。二十面相不在洞裡嗎？」

「不在，你們也沒有遇到他嗎？」

「嗯！他大概已經逃走了。剛才檢查時，掛在井邊的繩梯，已經不見。這傢伙可能是害怕我們追趕，連繩梯都拿走了。」

明智和中村組長爬出洞，站在刑警和三名不良少年身旁。

「明智先生，還有其他繩梯嗎？」

「我怎麼會帶兩條繩梯呢？沒辦法，只好打破對面的房間門，再做一個梯子，只要二、三十分鐘就夠了。」

明智悠哉的說著。

「但是明智先生，二、三十分鐘後，那傢伙可能已經不知去向了。他是易容高手，要再找到他，真的很困難。好不容易發現，卻又被他溜走。」

中村組長看到明智悠閒的態度，顯得有些氣惱。

「中村組長，請你不必擔心。我會這麼鎮定，是因為我還有最後的王牌。」

「啊！最後的王牌？」

「嗯！二十面相鬼計多端，我也不差。小松假扮成小林，那麼，你想小林在哪裡呢？你猜不到吧！我早就料想到可能有這種後果。所以今天一早，我就吩咐小林，帶著不良少年隊，在井外監視。除了這三個孩子外，不良少年隊還有十三個人呢！

當時發生煙囪事件時，他們的實力你應該很清楚，神出鬼沒的少年們，技巧不亞於大人。再加上小林是我的左右手，即使是二十面相，也很難輕易逃走。」

「喔！既然如此，我也沒什麼話好說。不過，對方可是大名鼎鼎的二十面相，將這件事交給一群孩子，我還是不放心。我們還是趕快做好梯子。而且既然已經抓到小丑，不妨盤問他，也許可以問出一些不為人知的祕密。」

於是開始動手建造梯子。不到二十分鐘，包括小丑在內的七個人，平安無事的爬出古井外。

少年小林的危難

話題暫時轉到古井外的情形。手塚家廣大庭院裡的樹林，在冬日陽光的照射之下，一片寂靜。雖然沒有風，卻不斷可以聽到樹幹後方傳出吱吱的聲音。是動物嗎？不，不是的。而是穿著骯髒破爛卡其色衣服的人。遍佈古井周圍，不時還探出頭觀望。

樹林圍繞著古井，這時名偵探明智小五郎從井中爬出來。他查看四周，拉起繩梯，捲好之後，放進手提包裡。手提包的樣子頗為古怪，是個用皮革製成的，皺巴巴的手提包。以往從未見過明智拿這種手提包，到底是怎麼回事？

看到明智之後，大樹幹後面走出一個身穿破爛卡其服，卻有一張蘋果臉頰的可愛少年。輕聲的詢問明智。

「老師，事情順利嗎？」

「噢，是小林啊！」

明智似乎很驚訝，接著立刻笑著回答：

「嗯！犯人已經被中村組長逮捕，囚禁在地下室裡。我知道他的黨羽躲在哪裡，正要趕過去，你也一起來。」

明智的話裡透著一絲古怪。但是，不良少年隊成員之一的小林不疑有他，應了一聲，就跟著明智走了。

拿著手提包的明智，帶著小林，通過廣大的庭院，走向主屋。就在這時，卻發生奇怪的事情。樹林下的草叢中，喀喀……好像有蛇在移動似的，一條、兩條、三條，大概有十條以上。原來是那些披頭散髮，臉頰骯髒，穿著卡其色的孩子，他們正像蛇一樣的爬行著。

這些人就是不良少年機動隊的團員。不知道為什麼，他們要躲在草叢中，跟蹤明智和小林？

毫不知情的明智，帶著小林先回到手塚家的主屋，告知家人二十面相被抓到的事情。同時走近到在門前等待的中村組長的汽車旁。

警政署的駕駛認識明智，看到名偵探，微笑著跟他打招呼。

「犯人已經被逮捕。稍後中村組長會告訴你們詳情，現在我要去逮捕犯人的黨羽，想要借用中村組長的車。」

明智匆忙說完這番話之後，鑽進汽車後座裡。關車門前，突然又想起什麼似的，對駕駛說道：

「啊！我忘記了，對不起。客廳的桌上放著一個牛皮紙包，請你去幫我拿來。用麻繩綁著的，一看就知道了。」

「好，我立刻去拿。」

駕駛連忙下車，快步走到屋內。等到駕駛離去後，明智趕緊繞到前面的駕駛座，隨即握住方向盤，將車開走。結果車子以驚人的速度奔馳而去。

小林詫異的看著眼前的一切，但既然是明智，自然有他的道理。

在車子裡的明智，態度很奇怪。不過，更奇怪的是，發生在汽車頂上的事。

先前跟蹤明智的不良少年隊的團員之一，已先前一步，躲在車子後面。當明智和小林進入車中，支開駕駛之後，不良少年趁隙，就像猴子般，從車子後方，敏捷的爬上車頂。並在身體上面蓋上大人雨衣似的東西，動也不動的趴著。

汽車就這樣載著趴在車頂上的不良少年奔馳遠去。擅長爬樹的不良少年，他的手腳就好像吸盤一樣，緊緊的攀住車頂，即使車身搖晃得再劇烈，也沒有被甩下來。

車子在城鎮中穿梭。從高大的建築物俯看，根本不會想到雨衣裡竟然藏著一個孩子。最多覺得車頂上為什麼有這麼大的包袱罷了。

明智駕車穿過芝公園，駛上京橋，度過永代橋，停在隅田川附近的

一處荒野。

在岸邊一些簡陋的住宅當中，有一棟如高塔般矗立的五層樓水泥建築。磚瓦剝落，看起來廢棄的空屋。

明智下車，牽著小林的手，走進大樓中。

這時，等了許久的不良少年，車頂上的雨衣開始慢慢的移動。不良少年迅速地從車頂跳下，輕輕推開明智等人進入的門。鑽進門縫裡，一溜煙消失在屋內。

明智和小林爬上狹窄的樓梯，進入五樓的房間。不料，明智竟然將入口的門上鎖。房內除了一張桌子、三張椅子之外，空無一物。的確像個空屋。

明智仍然握著小林的手，沒有讓他坐在椅子上。臉上露出不懷好意的笑容。

「小林，你猜我是誰呀？」

明智說著奇怪的話，但是，小林毫無懼色。

「怪盜二十面相。」

小林嗤笑著回答。

「哇！嘿嘿嘿，你發現了嗎？但是已經太晚了。我必須讓你暫時受點罪。」

和明智外貌如出一轍的二十面相，推倒小林，並從手提包裡取出麻繩，綑綁他的手腳，同時塞東西堵住他的嘴。

小林似乎有什麼打算，絲毫沒有抵抗，乖乖就範。

二十面相不由分說的將小林推到壁櫥裡，關上木板門。接著走進一門之隔的另一間房間。

依稀可以聽到二十面相說話的聲音，似乎在打電話。因為只隔了一扇木板門，所以，小林能夠微微聽到他的聲音。

「嗯！快離開東京了……船準備好了嗎？立刻開到這裡來……要加

滿油，目前沒有預定地……很好、很好，知道了。」

二十面相掛上電話，回到壁櫥前，說道：

「小林，我已經發電報了，不必等晚上，真正的明智先生就會來救你，你再忍耐一下。我要出去辦點事情，我可還有捨不得離開的人呢！而且那輛太顯眼的汽車也不能停在這裡，我必須去處理一下。你要乖乖的待在這裡噢！」

說完，他就離開房間，當然門外也上了鎖。

就在二十面相離去之後，原本躲在暗處的那位不良少年，出現在走廊上。他從口袋裡掏出好像鐵絲一樣的東西，插入鑰匙孔中，終於打開鎖。這個不良少年，可是這方面的個中高手。

彷彿小偷似的，悄悄的推開門。將門推開十五公分左右，從門縫迅速溜進房內。當然他就是躲在汽車車頂上的不良少年隊員。

可能是從鑰匙孔中偷看到室內的一切，於是趕緊跑到壁櫥前，打開壁櫥，拿掉堵在小林嘴巴裡的東西，解開綑綁手腳的麻繩。

「快點！快綁住我，讓我代替團長待在這裡，他快回來了。快點，快點！」

小林稱讚不良少年的機智，將他的手腳綁起來，推回壁櫥裡，自己則迅速溜出房間。

兩個明智小五郎

過了四十分鐘，假扮明智的二十面相，好像喝了點酒，滿臉通紅的回到五樓房間。進入房間後，先打開壁櫥，確認小林還躺在裡面之後，感到很安心。壁櫥微暗，背對外面，再加上破爛的衣服相同，二十面相當然不知道眼前的竟然是替身。

「哇嘿嘿嘿，佩服、佩服！只要再忍耐一會兒，你要乖一點，可別

輕舉妄動。我要你幫我傳話。你帶個口信給你的老師明智，這次我輸給他，而且是慘敗，但是就算輸給了明智，我也絕對不會被逮住的。現在我要暫時離開東京，可是我絕對會再回來，與他一較高下。你一定要清楚的轉告他。」

二十面相說完之後，突然聽到喀噹奇怪的聲音，不是從壁櫥內傳出來的。二十面相嚇了一跳，回頭看著聲音傳來的方向。

通往隔壁房間的門慢慢打開，沒有風，有一個人站在那裡，是人開的門。

「是誰，誰在那裡？」

二十面相不禁大叫。門不斷的打開，就在這時，與二十面相裝扮一模一樣的男子，出現在他的面前。應該說是與明智小五郎有相同臉孔的男子，笑容可掬的站在門口。

「喔！不需要找人傳話，我就在這裡。二十面相絕對不會被抓住的這句話，我想應該要修正一下。我就是特地來抓你的。」

接到小林的緊急通知，從手塚家趕來的真正明智小五郎終於現身。因為實在太震驚，所以二十面相的酒意全消，嚇得臉色蒼白。

「啊！你、你怎麼會在這裡……」

「這全都要歸功於以小林為首的不良少年機動隊。壁櫥裡的不是小林，而是不良少年隊員之一。真正的小林在這裡呢！」

明智稍微移動一下身體，背後出現有一張蘋果臉的少年。他已經換好衣服，穿著整齊的學生服。真正的明智和假的明智，兩人約相距九十公分。易容高手二十面相，與真正的明智，外貌完全相同，彷彿雙胞胎似的，叫人難以分辨。

兩人一動也不動的互瞪對方，至少有三分鐘之久，額頭也有些冒汗了。

「嗯！你打算怎麼樣？」

二十面相首先開口問道。

「要抓你的，不只我一個人。警察已經包圍整棟建築物，你現在根本插翅難飛。」

「哼！你以為事情這麼簡單嗎？」

「當然囉！」

「那麼，我就逃給你看。你看，這怎麼樣呢？」

二十面相好像飛鳥般，撲向門外。

身手十分矯健，轉眼就來到樓梯口。但是，在樓梯下方，以中村組長為首，穿著便服的警察們，團團包圍著，很難突破封鎖網。

跑向樓梯的二十面相，看到眾多的警察之後，立刻朝反方向逃。在微暗的走廊角落，有一個直立的鐵梯，他跑到鐵梯處，開始往上爬。五樓上面是屋頂，而這正是通往屋頂的梯子。

這棟水泥屋並沒有和其他建築物相連，就算跑到屋頂上，也無處可

逃。二十面相到底打算怎麼做呢？

明智和中村組長為追趕二十面相，於是也爬上鐵梯。就在這時，梯子頂端的大鐵蓋罩下。即使兩、三人合力，也無法用力推開。

此時，建築物外突然傳來哇的叫聲，似乎有什麼事情發生。

青銅魔人的下場

逃到屋頂上的二十面相，從手提包裡取出黑色的絹繩子。和發生煙囪事件時所使用的繩子一樣，是一條每間隔一尺就打結的繩梯。

他抓著繩梯，從屋頂上俯看地面。因為是在五樓的屋頂，高度將近二十公尺。下方有通往河岸的道路，幾名警察在那裡站崗。一旁則有十幾個如流浪兒般的孩子，原來是不良少年隊的團員。

二十面相將鐵鉤鉤在屋頂凸出的牆上。長長的繩梯垂掛下去。繩子

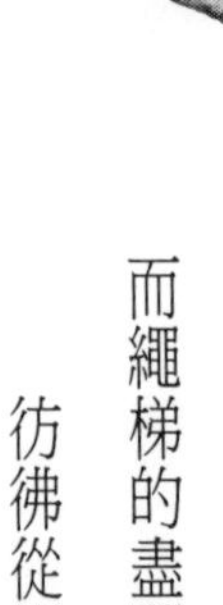

的長度只有建築物的三分之二，即使使用這條繩梯，只能到達中途，必然無法到達地面。二十面相雖然知道這一點，但是他仍然沿著繩梯往下爬。到底他打算做什麼呢？

建築物的正面面對道路，背後則有隅田川。二十面相卻是沿著屋子的側面往下爬。側面沒有窗戶，不必擔心繩梯在中途斷裂。

地面上的人察覺到二十面相的空中冒險表演，所以，聽到地面傳來眾人哇的驚呼聲。由上往下看，這些人看起來都像玩具一樣。風吹得繩梯不停的晃動，每一步都必須小心翼翼，以免腳底踩滑。一旦鬆開手，就會像子彈般急速跌落到地面，身體必然摔得四分五裂，這的確是一場驚心動魄的搏命演出。

二十面相在攀爬繩梯時，也看到已經回到一樓的明智和中村組長。而繩梯的盡頭離地面尚有七、八公尺，該如何是好呢？

彷彿從樹枝上垂掛下來的蜘蛛隨風擺盪般，二十面相手握的絹繩，有如掙扎的蜘蛛，相當驚險。

不一會兒，蜘蛛絲開始大幅度擺動，不只是風吹的緣故，二十面相就好像在盪鞦韆似的，不斷的劇烈搖動繩梯。

神奇的空中鞦韆頓時成了時鐘的鐘擺，很有規律的左右擺動，而且幅度愈來愈大，甚至比建築物的寬度更大。

這時地面上的眾人終於明白二十面相的真正企圖，他正在進行極危險的大冒險。亦即，他盡量大幅度的擺盪，希望最後能夠一鬆手就掉進隅田川中。

就在這時，看到一艘汽艇停在河面上。啊！汽艇似乎正在等待二十面相跳進河中。

當眾人發現時，立刻跑到河堤上。小林少年偷聽到電話內容，知道二十面相命人準備船，所以，早就請水上快艇在河岸等候。一行人迅速來到快艇旁。

這時，發生如眾人所預料的事情。二十面相突然放開繩梯，如子彈般，身體在空中飛舞著，隨後，在距離河岸十餘公尺遠的水中，濺起大片水花。正在等待的盜賊汽艇，趕緊駛向水花濺起處，撈起浮在水面上的二十面相之後，發出高亢的引擎聲，朝東京灣的方向奔馳而去。

所幸海防署的大型船已經做好出發的準備。船上除了海防署人員之外，還有明智偵探、中村組長、小林，以及不良少年隊的五名代表。

竊賊的汽艇和大型船約相距一百公尺之遠，雙方展開驚險的水上追逐戰。

二十面相所準備的汽艇，速度相當驚人，船身幾乎離開水面，在空中滑行。船頭劃開的水花，朝左右飛散，有如大型噴泉般。

兩艘船艇幾乎等速前進。離開月島，來到台場附近，不久，又遠離台場，朝東京灣的中心急駛而去。

「哇！青銅魔人。」

不良少年大叫。原來在竊賊的汽艇當中，宛如銅像般的青銅魔人，正回頭看著大型船，雙手不停揮舞。二十面相似乎打算裝飾這最後的大場面，竟然身披青銅鎧甲，似乎在嘲弄追兵。

大約追趕了十幾分鐘，雖然全速前進，但是小型汽艇畢竟敵不過大型船，竊賊的汽艇已經顯露疲態。不知道是不是機械故障，船身開始搖搖晃晃的，而傳到遠處的引擎聲，聽起來也不太對勁。

可是二十面相不逃不行。汽艇上的青銅魔人，手不停揮舞著，命令手下加快速度。

最後的時刻終於到來。

彷彿扔下炸彈似的，揚起大片水花，爆炸聲震耳欲聾。瀰漫的黑煙中，如火舌般的火焰，以及瞬間被火包圍，如不動明王般的青銅魔人，其可怕的姿態，清晰可見。

在煙霧漫天的海面上，已經看不到汽艇的蹤影。

啊！青銅魔人，亦即二十面相，終於步上悲慘的命運。警方的大型船立刻趕往現場，緊急救援。汽艇上無人生還，然而再怎麼找尋，就是沒有發現穿著青銅鎧甲的二十面相的屍體。也許是穿著厚重的鎧甲，已經沈入海中，無法浮出水面。

雖然很遺憾地，無法逮捕到主嫌犯，不過，總算揭開青銅魔人的祕密，黨羽被一舉成擒，祕密工廠也暴露出來，地底的財寶也一一歸還失主。

名偵探明智小五郎和少年助手的名聲更加響亮，不良少年機動隊當然也功不可沒，媒體大肆報導。十六個不良少年隊的成員，天真無邪笑容的照片，每一家報紙都加以刊登，受到各界讚揚。

這群不良少年們，後來在名偵探的關照之下，有的去上學，有的就職，各自擁有幸福的生活。

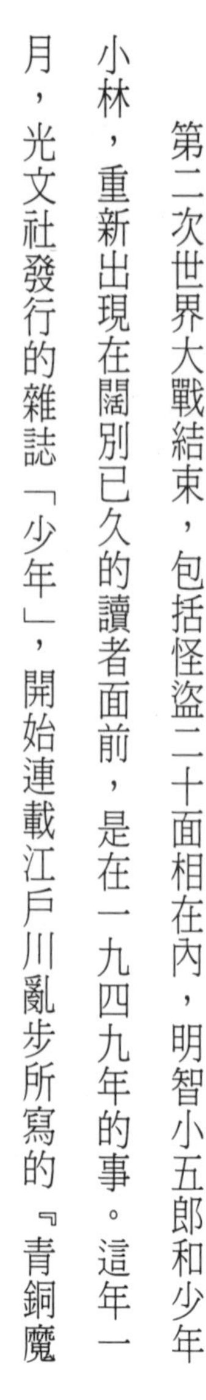

解說

歸來的怪盜二十面相

砂田弘
（兒童文學作家）

第二次世界大戰結束，包括怪盜二十面相在內，明智小五郎和少年小林，重新出現在闊別已久的讀者面前，是在一九四九年的事。這年一月，光文社發行的雜誌「少年」，開始連載江戶川亂步所寫的『青銅魔人』，成為「少年偵探」系列戰後第一作品。

一九三六年，繼『怪盜二十面相』之後的「少年偵探」系列，以一年一作的速度，連續出版了『少年偵探團』、『妖怪博士』、『大金塊』等四部作品之後，就暫時銷聲匿跡。這是因為一九三七年時中日戰爭爆發的緣故。

青銅魔人

後來支配日本的軍部，注意到報章雜誌，認為全國都應投入戰爭，少年雜誌不能夠連載與戰爭無關的故事。於是禁止亂步繼續寫「少年偵探」系列。亂步厭惡戰爭，在一九四一年十二月，美國和日本爆發太平洋戰爭之後，他也不再發表適合成人閱讀的偵探小說了。

戰爭結束，回到可以自由書寫文章的時代，對亂步而言，的確是一大喜訊。亂步首先寫的，不是適合成人看的，而是適合少年閱讀的偵探小說。

『青銅魔人』初版，光文社發行

戰後的日本，是只能勉強維生的時代。東京、大阪等大都市，滿目瘡痍。由於糧食不足，孩子們經常挨餓。不只要忍耐沒有食物的飢餓，也沒有可看的書籍。為了鼓勵這些受苦的孩子，亂步開始寫「少

年偵探」系列。

『青銅魔人』一開始的場面是在月光照耀下的銀座街頭。發出齒輪聲、掛著許多懷錶的巨大青銅製怪物出現。原以為是戴著青銅假面具，不料卻像狗一樣，四肢爬行、奔馳，如煙霧般消失。不斷掠奪鐘錶和寶石的怪物，到底是人，還是機械，是故事裡最大的謎團。

1949年，『青銅魔人』開始連載，拜訪亂步先生的少年讀者

後來輪到名偵探明智小五郎登場，在少年小林及少年偵探團等人的協助之下，一一揭穿怪物的祕密，最後終於發現怪物的真實身份。青銅魔人就是繼『妖怪博士』以來，已經闊別十年沒有出現過的怪盜二十面相。

故事的精華就在於，被追趕的怪盜二十面相和警察、明智偵探、小林等，在隅田川對峙的場面。怪盜二十面相這場令人捏把冷汗的對決，直到最後，都牢牢抓住讀者的心。

根據一九四七年的調查，與少年偵探團同樣活躍的不良少年機動隊，因為戰爭而失去家園、親人的流浪兒的孩子們，全國高達十二萬三千人，尤以東京為最。當時上野公園成為流浪兒的大本營。

部分流浪兒會組織團體，做些偷、搶、拐、騙的勾當，是警察的眼中釘。但是亂步不認為他們是壞蛋，反而讓他們成為活躍的少年偵探團的一員。對於成為戰爭犧牲者的少年而言，衷心得到亂步的喜愛，能夠不失去希望，快樂的活著，的確是一大鼓舞。

戰後失去家園或親人的孩子們（每日新聞社提供

相信讀者已經發現，距離第一部『怪

盜二十面相』作品已經十年以上，明智小五郎、少年小林和中村組長，仍然像以前一樣，年紀並未增長。怪盜二十面相的年齡不明，可能他也不會老吧！就好像漫畫中的主角一樣，「少年偵探」系列登場的人物，也不會老。這一點也不會讓人覺得不自然，反而很有趣。

但是，為什麼怪盜二十面相會變成手塚先生呢？這是因為他想和明智小五郎展開第四次的對決。

能夠震撼明智偵探的，是怪盜二十面相的生存目標。他的確是個壞蛋，不過，喜歡惡作劇，也是怪盜二十面相的魅力之一。

『青銅魔人』開始連載之後，深獲好評。不只有少年迷，甚至廣受成年讀者喜愛。在「少年偵探」系列當中，是屈指可數的傑作之一。

大展出版社有限公司
品冠文化出版社

圖書目錄

地址：台北市北投區(石牌)
致遠一路二段 12 巷 1 號
電話：(02)28236031
28236033
郵撥：0166955～1
傳真：(02)28272069

法律專欄連載・大展編號 58

台大法學院　法律學系／策劃
法律服務社／編著

1. 別讓您的權利睡著了(1)		200 元
2. 別讓您的權利睡著了(2)		200 元

・生活廣場・品冠編號 61・

1. 366 天誕生星	李芳黛譯	280 元
2. 366 天誕生花與誕生石	李芳黛譯	280 元
3. 科學命相	淺野八郎著	220 元
4. 已知的他界科學	陳蒼杰譯	220 元
5. 開拓未來的他界科學	陳蒼杰譯	220 元
6. 世紀末變態心理犯罪檔案	沈永嘉譯	240 元
7. 366 天開運年鑑	林廷宇編著	230 元
8. 色彩學與你	野村順一著	230 元
9. 科學手相	淺野八郎著	230 元
10. 你也能成為戀愛高手	柯富陽編著	220 元
11. 血型與十二星座	許淑瑛編著	230 元
12. 動物測驗—人性現形	淺野八郎著	200 元
13. 愛情、幸福完全自測	淺野八郎著	200 元
14. 輕鬆攻佔女性	趙奕世編著	230 元
15. 解讀命運密碼	郭宗德著	200 元
16. 由客家了解亞洲	高木桂藏著	220 元

・女醫師系列・品冠編號 62

1. 子宮內膜症	國府田清子著	200 元
2. 子宮肌瘤	黑島淳子著	200 元
3. 上班女性的壓力症候群	池下育子著	200 元
4. 漏尿、尿失禁	中田真木著	200 元
5. 高齡生產	大鷹美子著	200 元
6. 子宮癌	上坊敏子著	200 元

7. 避孕 早乙女智子著 200元
8. 不孕症 中村春根著 200元
9. 生理痛與生理不順 堀口雅子著 200元
10. 更年期 野末悅子著 200元

・傳統民俗療法・品冠編號 63

1. 神奇刀療法 潘文雄著 200元
2. 神奇拍打療法 安在峰著 200元
3. 神奇拔罐療法 安在峰著 200元
4. 神奇艾灸療法 安在峰著 200元
5. 神奇貼敷療法 安在峰著 200元
6. 神奇薰洗療法 安在峰著 200元
7. 神奇耳穴療法 安在峰著 200元
8. 神奇指針療法 安在峰著 200元
9. 神奇藥酒療法 安在峰著 200元
10. 神奇藥茶療法 安在峰著 200元

・彩色圖解保健・品冠編號 64

1. 瘦身 主婦之友社 300元
2. 腰痛 主婦之友社 300元
3. 肩膀痠痛 主婦之友社 300元
4. 腰、膝、腳的疼痛 主婦之友社 300元
5. 壓力、精神疲勞 主婦之友社 300元
6. 眼睛疲勞、視力減退 主婦之友社 300元

・心 想 事 成・品冠編號 65

1. 魔法愛情點心 結城莫拉著 120元
2. 可愛手工飾品 結城莫拉著 120元
3. 可愛打扮 & 髮型 結城莫拉著 120元
4. 撲克牌算命 結城莫拉著 120元

・少年偵探・品冠編號 66

1. 怪盜二十面相 江戶川亂步著 特價 189元
2. 少年偵探團 江戶川亂步著 特價 189元
3. 妖怪博士 江戶川亂步著 特價 189元
4. 大金塊 江戶川亂步著 特價 230元
5. 青銅魔人 江戶川亂步著 特價 230元
6. 地底偵探王 江戶川亂步著
7. 透明怪人 江戶川亂步著

8. 怪人四十面相　江戶川亂步著
9. 宇宙怪人　江戶川亂步著
10. 恐怖的鐵塔王國　江戶川亂步著
11. 灰色巨人　江戶川亂步著
12. 海底魔術師　江戶川亂步著
13. 黃金豹　江戶川亂步著
14. 魔法博士　江戶川亂步著
15. 馬戲怪人　江戶川亂步著
16. 魔人剛果　江戶川亂步著
17. 魔法人偶　江戶川亂步著
18. 奇面城的秘密　江戶川亂步著
19. 夜光人　江戶川亂步著
20. 塔上的魔術師　江戶川亂步著
21. 鐵人Q　江戶川亂步著
22. 假面恐怖王　江戶川亂步著
23. 電人M　江戶川亂步著
24. 二十面相的詛咒　江戶川亂步著
25. 飛天二十面相　江戶川亂步著
26. 黃金怪獸　江戶川亂步著

・武術特輯・大展編號 10

1. 陳式太極拳入門	馮志強編著	180 元
2. 武式太極拳	郝少如編著	200 元
3. 練功十八法入門	蕭京凌編著	120 元
4. 教門長拳	蕭京凌編著	150 元
5. 跆拳道	蕭京凌編譯	180 元
6. 正傳合氣道	程曉鈴譯	200 元
7. 圖解雙節棍	陳銘遠著	150 元
8. 格鬥空手道	鄭旭旭編著	200 元
9. 實用跆拳道	陳國榮編著	200 元
10. 武術初學指南	李文英、解守德編著	250 元
11. 泰國拳	陳國榮著	180 元
12. 中國式摔跤	黃　斌編著	180 元
13. 太極劍入門	李德印編著	180 元
14. 太極拳運動	運動司編	250 元
15. 太極拳譜	清・王宗岳等著	280 元
16. 散手初學	冷　峰編著	200 元
17. 南拳	朱瑞琪編著	180 元
18. 吳式太極劍	王培生著	200 元
19. 太極拳健身與技擊	王培生著	250 元
20. 秘傳武當八卦掌	狄兆龍著	250 元
21. 太極拳論譚	沈　壽著	250 元
22. 陳式太極拳技擊法	馬　虹著	250 元

23. 二十四式 三十二式 太極 拳 劍	闞桂香著	180 元
24. 楊式秘傳 129 式太極長拳	張楚全著	280 元
25. 楊式太極拳架詳解	林炳堯著	280 元
26. 華佗五禽劍	劉時榮著	180 元
27. 太極拳基礎講座：基本功與簡化 24 式	李德印著	250 元
28. 武式太極拳精華	薛乃印著	200 元
29. 陳式太極拳拳理闡微	馬　虹著	350 元
30. 陳式太極拳體用全書	馬　虹著	400 元
31. 張三豐太極拳	陳占奎著	200 元
32. 中國太極推手	張　山主編	300 元
33. 48 式太極拳入門	門惠豐編著	220 元
34. 太極拳奇人奇功	嚴翰秀編著	250 元
35. 心意門秘籍	李新民編著	220 元
36. 三才門乾坤戊己功	王培生編著	220 元
37. 武式太極劍精華 +VCD	薛乃印編著	350 元
38. 楊式太極拳	傅鐘文演述	200 元
39. 陳式太極拳、劍 36 式	闞桂香編著	250 元
40. 正宗武式太極拳	薛乃印著	220 元

・原地太極拳系列・大展編號 11

1. 原地綜合太極拳 24 式	胡啟賢創編	220 元
2. 原地活步太極拳 42 式	胡啟賢創編	200 元
3. 原地簡化太極拳 24 式	胡啟賢創編	200 元
4. 原地太極拳 12 式	胡啟賢創編	200 元

・名師出高徒・大展編號 111

1. 武術基本功與基本動作	劉玉萍編著	200 元
2. 長拳入門與精進	吳彬　等著	220 元
3. 劍術刀術入門與精進	楊柏龍等著	220 元
4. 棍術、槍術入門與精進	邱丕相編著	220 元
5. 南拳入門與精進	朱瑞琪編著	元
6. 散手入門與精進	張　山等著	元
7. 太極拳入門與精進	李德印編著	元
8. 太極推手入門與精進	田金龍編著	元

・實用武術技擊・大展編號 112

1. 實用自衛拳法	溫佐惠著
2. 搏擊術精選	陳清山等著

・道學文化・大展編號 12

1.	道在養生：道教長壽術	郝　勤等著	250 元
2.	龍虎丹道：道教內丹術	郝　勤著	300 元
3.	天上人間：道教神仙譜系	黃德海著	250 元
4.	步罡踏斗：道教祭禮儀典	張澤洪著	250 元
5.	道醫窺秘：道教醫學康復術	王慶餘等著	250 元
6.	勸善成仙：道教生命倫理	李　剛著	250 元
7.	洞天福地：道教宮觀勝境	沙銘壽著	250 元
8.	青詞碧簫：道教文學藝術	楊光文等著	250 元
9.	沈博絕麗：道教格言精粹	朱耕發等著	250 元

・易學智慧・大展編號 122

1.	易學與管理	余敦康主編	250 元
2.	易學與養生	劉長林等著	300 元
3.	易學與美學	劉綱紀等著	300 元
4.	易學與科技	董光壁　著	280 元
5.	易學與建築	韓增祿　著	280 元
6.	易學源流	鄭萬耕　著	元
7.	易學的思維	傅雲龍等著	元
8.	周易與易圖	李　申　著	元

・神算大師・大展編號 123

1.	劉伯溫神算兵法	應　涵編著	280 元
2.	姜太公神算兵法	應　涵編著	280 元
3.	鬼谷子神算兵法	應　涵編著	280 元
4.	諸葛亮神算兵法	應　涵編著	280 元

・秘傳占卜系列・大展編號 14

1.	手相術	淺野八郎著	180 元
2.	人相術	淺野八郎著	180 元
3.	西洋占星術	淺野八郎著	180 元
4.	中國神奇占卜	淺野八郎著	150 元
5.	夢判斷	淺野八郎著	150 元
6.	前世、來世占卜	淺野八郎著	150 元
7.	法國式血型學	淺野八郎著	150 元
8.	靈感、符咒學	淺野八郎著	150 元
9.	紙牌占卜術	淺野八郎著	150 元
10.	ESP 超能力占卜	淺野八郎著	150 元

11. 猶太數的秘術　淺野八郎著　150 元
12. 新心理測驗　淺野八郎著　160 元
13. 塔羅牌預言秘法　淺野八郎著　200 元

・趣味心理講座・大展編號 15

1. 性格測驗① 探索男與女　淺野八郎著　140 元
2. 性格測驗② 透視人心奧秘　淺野八郎著　140 元
3. 性格測驗③ 發現陌生的自己　淺野八郎著　140 元
4. 性格測驗④ 發現你的真面目　淺野八郎著　140 元
5. 性格測驗⑤ 讓你們吃驚　淺野八郎著　140 元
6. 性格測驗⑥ 洞穿心理盲點　淺野八郎著　140 元
7. 性格測驗⑦ 探索對方心理　淺野八郎著　140 元
8. 性格測驗⑧ 由吃認識自己　淺野八郎著　160 元
9. 性格測驗⑨ 戀愛知多少　淺野八郎著　160 元
10. 性格測驗⑩ 由裝扮瞭解人心　淺野八郎著　160 元
11. 性格測驗⑪ 敲開內心玄機　淺野八郎著　140 元
12. 性格測驗⑫ 透視你的未來　淺野八郎著　160 元
13. 血型與你的一生　淺野八郎著　160 元
14. 趣味推理遊戲　淺野八郎著　160 元
15. 行為語言解析　淺野八郎著　160 元

・婦 幼 天 地・大展編號 16

1. 八萬人減肥成果　黃靜香譯　180 元
2. 三分鐘減肥體操　楊鴻儒譯　150 元
3. 窈窕淑女美髮秘訣　柯素娥譯　130 元
4. 使妳更迷人　成　玉譯　130 元
5. 女性的更年期　官舒妍編譯　160 元
6. 胎內育兒法　李玉瓊編譯　150 元
7. 早產兒袋鼠式護理　唐岱蘭譯　200 元
8. 初次懷孕與生產　婦幼天地編譯組　180 元
9. 初次育兒 12 個月　婦幼天地編譯組　180 元
10. 斷乳食與幼兒食　婦幼天地編譯組　180 元
11. 培養幼兒能力與性向　婦幼天地編譯組　180 元
12. 培養幼兒創造力的玩具與遊戲　婦幼天地編譯組　180 元
13. 幼兒的症狀與疾病　婦幼天地編譯組　180 元
14. 腿部苗條健美法　婦幼天地編譯組　180 元
15. 女性腰痛別忽視　婦幼天地編譯組　150 元
16. 舒展身心體操術　李玉瓊編譯　130 元
17. 三分鐘臉部體操　趙薇妮著　160 元
18. 生動的笑容表情術　趙薇妮著　160 元
19. 心曠神怡減肥法　川津祐介著　130 元

20. 內衣使妳更美麗	陳玄茹譯	130元
21. 瑜伽美姿美容	黃靜香編著	180元
22. 高雅女性裝扮學	陳珮玲譯	180元
23. 蠶糞肌膚美顏法	坂梨秀子著	160元
24. 認識妳的身體	李玉瓊譯	160元
25. 產後恢復苗條體態	居理安・芙萊喬著	200元
26. 正確護髮美容法	山崎伊久江著	180元
27. 安琪拉美姿養生學	安琪拉蘭斯博瑞著	180元
28. 女體性醫學剖析	增田豐著	220元
29. 懷孕與生產剖析	岡部綾子著	180元
30. 斷奶後的健康育兒	東城百合子著	220元
31. 引出孩子幹勁的責罵藝術	多湖輝著	170元
32. 培養孩子獨立的藝術	多湖輝著	170元
33. 子宮肌瘤與卵巢囊腫	陳秀琳編著	180元
34. 下半身減肥法	納他夏・史達賓著	180元
35. 女性自然美容法	吳雅菁編著	180元
36. 再也不發胖	池園悅太郎著	170元
37. 生男生女控制術	中垣勝裕著	220元
38. 使妳的肌膚更亮麗	楊 皓編著	170元
39. 臉部輪廓變美	芝崎義夫著	180元
40. 斑點、皺紋自己治療	高須克彌著	180元
41. 面皰自己治療	伊藤雄康著	180元
42. 隨心所欲瘦身冥想法	原久子著	180元
43. 胎兒革命	鈴木丈織著	180元
44. NS磁氣平衡法塑造窈窕奇蹟	古屋和江著	180元
45. 享瘦從腳開始	山田陽子著	180元
46. 小改變瘦4公斤	宮本裕子著	180元
47. 軟管減肥瘦身	高橋輝男著	180元
48. 海藻精神秘美容法	劉名揚編著	180元
49. 肌膚保養與脫毛	鈴木真理著	180元
50. 10天減肥3公斤	彤雲編輯組	180元
51. 穿出自己的品味	西村玲子著	280元
52. 小孩髮型設計	李芳黛譯	250元

・青春天地・大展編號17

1. A血型與星座	柯素娥編譯	160元
2. B血型與星座	柯素娥編譯	160元
3. O血型與星座	柯素娥編譯	160元
4. AB血型與星座	柯素娥編譯	120元
5. 青春期性教室	呂貴嵐編譯	130元
7. 難解數學破題	宋釗宜編譯	130元
9. 小論文寫作秘訣	林顯茂編譯	120元
11. 中學生野外遊戲	熊谷康編著	120元

12. 恐怖極短篇	柯素娥編譯	130 元
13. 恐怖夜話	小毛驢編譯	130 元
14. 恐怖幽默短篇	小毛驢編譯	120 元
15. 黑色幽默短篇	小毛驢編譯	120 元
16. 靈異怪談	小毛驢編譯	130 元
17. 錯覺遊戲	小毛驢編著	130 元
18. 整人遊戲	小毛驢編著	150 元
19. 有趣的超常識	柯素娥編譯	130 元
20. 哦！原來如此	林慶旺編譯	130 元
21. 趣味競賽 100 種	劉名揚編譯	120 元
22. 數學謎題入門	宋釗宜編譯	150 元
23. 數學謎題解析	宋釗宜編譯	150 元
24. 透視男女心理	林慶旺編譯	120 元
25. 少女情懷的自白	李桂蘭編譯	120 元
26. 由兄弟姊妹看命運	李玉瓊編譯	130 元
27. 趣味的科學魔術	林慶旺編譯	150 元
28. 趣味的心理實驗室	李燕玲編譯	150 元
29. 愛與性心理測驗	小毛驢編譯	130 元
30. 刑案推理解謎	小毛驢編譯	180 元
31. 偵探常識推理	小毛驢編譯	180 元
32. 偵探常識解謎	小毛驢編譯	130 元
33. 偵探推理遊戲	小毛驢編譯	180 元
34. 趣味的超魔術	廖玉山編著	150 元
35. 趣味的珍奇發明	柯素娥編著	150 元
36. 登山用具與技巧	陳瑞菊編著	150 元
37. 性的漫談	蘇燕謀編著	180 元
38. 無的漫談	蘇燕謀編著	180 元
39. 黑色漫談	蘇燕謀編著	180 元
40. 白色漫談	蘇燕謀編著	180 元

・健 康 天 地・大展編號 18

1. 壓力的預防與治療	柯素娥編譯	130 元
2. 超科學氣的魔力	柯素娥編譯	130 元
3. 尿療法治病的神奇	中尾良一著	130 元
4. 鐵證如山的尿療法奇蹟	廖玉山譯	120 元
5. 一日斷食健康法	葉慈容編譯	150 元
6. 胃部強健法	陳炳崑譯	120 元
7. 癌症早期檢查法	廖松濤譯	160 元
8. 老人痴呆症防止法	柯素娥編譯	170 元
9. 松葉汁健康飲料	陳麗芬編譯	150 元
10. 揉肚臍健康法	永井秋夫著	150 元
11. 過勞死、猝死的預防	卓秀貞編譯	130 元
12. 高血壓治療與飲食	藤山順豐著	180 元

國家圖書館出版品預行編目資料

青銅魔人／江戶川亂步著；施聖茹譯
－－初版－臺北市，品冠文化，2002〔民 91〕
面；21 公分 — （少年偵探；5）
譯自：青銅の魔人
ISBN 957-468-102-3（精裝）

861.59　　　　　　　　　　　　90022817

版權仲介：京王文化事業有限公司

少年偵探 5 **青銅魔人** ISBN 957-468-120-3

著　　者／江戶川亂步
譯　　者／施　聖　茹
發 行 人／蔡　孟　甫
出 版 者／品冠文化出版社
社　　址／台北市北投區（石牌）致遠一路 2 段 12 巷 1 號
電　　話／(02) 28233123・28236031・28236033
傳　　真／(02) 28272069
郵政劃撥／19346241
E - mail／dah-jaan @ms 9.tisnet.net.tw
登 記 證／北市建一字第 227242 號
區域經銷／千淞圖書有限公司
地　　址／三重市中興北街 186 號 5 樓
電　　話／(02)29999958
承 印 者／國順文具印刷行
裝　　訂／源太裝訂實業有限公司
排 版 者／千兵企業有限公司
初版 1 刷／2002 年（民 91 年） 3 月

~~定　價／300 元~~
特　價／230 元
